集英社オレンジ文庫

ブラック企業に勤めております。

要　はる

JN211534

ブラック企業に勤めております。 目次

イラスト／藤ヶ咲

第一章

《会社》は《社会》の反対です！

ヤバイところへ、きてしまった。

とあるビルの七階。

縦横とも二十メートルほどの四角い室内に、野太い声がビンビン響いている。

「お前ら、仕事ナメてんのか！　二日続けて新規契約ゼロって、どういうことだよ！」

イスにちんまりと腰かけ、私は己の手の甲を見つめていた。

顔をあげてはいけない。万一目が合おうものなら、因縁《いんねん》をつけられるかもしれない。石だ。石になれ。心はいらない。

「ふざけんなよ、コラ！」

ゴミ箱が蹴飛《けと》ばされ、壁にぶつかって大きな音をたてた。ちなみに「コラ」は見事な巻き舌で、「ゴルァ」ときこえた。

十月だというのに、私の背中にじんわりと汗がにじむ。

（マジで、ヤバイところへきてしまった）

初出勤から一ヶ月、毎朝同じことを考えている。念のため、今回のヤバイは、素晴らしいとか魅力的という意味ではなく、危ない、あるいは不都合な状況の、という、正しい意味合いで使用している。

(面接十八社目にしてようやく採用された時は、天の助けと喜んだけど……。もしやここは、ヤ〇ザの事務所だったのか?)

――いやいや、と内心で首を横にふる。

ここは株式会社B社のK支店。ハ〇ーワークの求人票には、広告・印刷業の会社だと明記されていた。

昭和二十年創業。本社は神戸《こうべ》。全国に五十の支店がある上場企業だ。

K支店は東海地方にあり、主にタウン情報誌を発行している。地元の観光スポットやイベント情報とともに様々なお店の広告が掲載されており、無料で配布される。私が暮らすアパートのポストにも入っていたし、駅の案内所でも見かけたことがある。

つまり、ここはヤ〇ザの事務所ではない。

(でも、あまりにも……怖くない? これが朝礼? まるで、最近よく耳にする、ブラック企――)

「母良田《ほろた》ぁ!」

唐突《とうとつ》に営業さんの名前――しかも難読名字《みょうじ》――が呼ばれ、緊張が走る。

私が座っているデスクの向こうに、人が通れる程度の間をあけて十個のデスクが並んでいる。私から見て手前側に五つ、奥側に五つ、向かい合う形で隙間《すきま》なく置かれ、一つの《島》となっていた。《島》には六人の男性が着席しており、残り四つは空席だ。昨日まで七人座っていたけれど、中途採用された三十代の男性は、入社三日で辞めてしまった。

辞めたのは正解だったかもしれないけど……せっかく彼のために入社書類をそろえ、社員バッジや社員証、名刺、氏名印、営業カバンを用意したのに。

徒労感に襲われる私にはおかまいなしで、怒鳴り声は続く。

「今、時計見ただろ、母良田！　てめぇ、オレの話は時間のムダだってか！　ええ？」

私の右手窓際に、《島》を見渡すようにして一際《ひときわ》大きなデスクがデンと置かれ、坊主頭《ぼうずあたま》の男性が口からツバを飛ばしていた。

痩《や》せ型で背が高く、三白眼《さんぱくがん》の上、左頬《ひだりほお》に古い切り傷があるが、ヤ○ザではない。正真正銘《しょうしんしょうめい》、K支店の支店長だ。名前は川原《かわはら》。四十代で、現在単身赴任《ふにん》中。

「いえ、そういうわけでは……」

川原支店長の左手前に座っていた母良田支店長代理――略して母良田代理――が、手を横に振った。

「じゃあ、なんで時計見たんだよ！　言ってみろ！」

ああ、朝礼中に壁の時計を見るなんて、自殺行為だ。ちなみに時刻は八時五十分。

「その」

彼は頭をかいた。

「九時半にスポンサー様と面談《アポイントメント》の約束があるので、九時にはここを出ないと……」

タウン情報誌に広告を掲載してくださる法人や個人事業主のことを、この支店ではスポンサー様と呼ぶ。

情報誌は無料のため、利益は広告掲載料から得ている。だから、スポンサー様はとても大切だ。さらに会社名をきき、川原支店長は渋々ながらも怒りを引っこめた。度々《たびたび》大枠《おおわく》の広告を掲載してくれるお得意様だったのだ。

「フン。じゃ、手短に」

え。八時に朝礼を開始して、すでに五十分もたっているのに、まだしゃべることがあるんですか？　いや、今までの演説は内容がスカスカだったから、これからが本番か？

川原支店長は、ゴホンと咳払《せきばら》いした。

「お前らに、昨日、本社会議できいた、ありがたい言葉を披露してやる。いいか」

彼は大きく息を吸いこんだ。

「会社は社会の反対です！」

――は？

きょとんとしたのは、私だけではなかった。六人の男性も、上手《うま》く反応できずにかたまっている。

「どうした。意味がわからんか？」

一同の顔を順に眺め、川原支店長はなぜか得意気に笑った。

「漢字の会社を引っ繰り返すと社会になるだろ？　会社は社会の逆。つまり、社会では是《ぜ》とされていることが、会社では非《ひ》……かもしれない。あるいは社会ではダメなことが、会社ではOKになることもある……かもな」

いや、ないでしょ。ないない。社会でダメなら、会社でもダメだと思う。

心の中で力いっぱい突っこむ私に気づくはずもなく、川原支店長が手をたたいた。

「よし、全員立て！」

みんな弾かれたように立ちあがる。五十分以上微動だにせずに座り続けていたから、動けて嬉しいかもしれない。――と、いくつかの視線がこちらに飛んできた。

（私も？）

慌てて立つと同時に、川原支店長が言った。

「オレに続いて――会社は社会の反対です！」

六人の営業さんが復唱する。

「会社は社会の反対です！」

「声が小さい！　──会社は社会の反対ですッ！」

「会社は社会の反対ですッ！」

どうしよう。これはコントですか？　衝撃が強すぎて……笑えてきた。

「いいか、お前ら！」

デスクに両手をつき、川原支店長が身を乗り出した。

「社会の常識になんか、とらわれるな。人がやらないことをやれ！　何回も訪問して、何時間でも粘れ！　土下座《どげざ》してでも契約とってこい！」

それ、ただの迷惑行為！　人がやらないことっていうのは、そういう意味ではなく──。

「営業職は歩合《ぶあい》制だ。契約をとれば、給料もあがる。金、欲しいだろう？　──そうだ、金といえばオレ、この間、フィリピンパブにいったんだよ。ホラ、二丁目の角に新しくできた、《ラブ・ショット》っていう店……。そこに可愛《かわい》いコがいてな」

えぇっ！　ここでいきなり、フィリピンパブ？

「ソニアって名前で、メッチャ胸がデカくて、太ももムチムチで……。先月マニラから海を越えて日本にきたって言ってた。家族のために金が必要だから、頑張って働くんだって。

偉いよなぁ。まだ二十歳《はたち》だぞ。彼女に比べたら、お前らの苦労なんて小さいもんだ。——だろ？」

フィリピン女性の胸を思い出したのか、川原支店長の声がやわらかくなる。

機嫌がよくなったのはありがたいんですけど、……あの、座っちゃだめですか？

「みんな、もっとガッツ出せ！　くらいつけ！　営業は、契約とらなきゃ意味がないんだ。意地をみせろ！」

一際《ひときわ》高く吼《ほ》え、本日の朝礼は終了となった。

時刻は九時五分。

母良田代理の出発予定時刻は九時。間に合うだろうか。駆け足で出ていこうとする彼の胸元を見て、私は手をあげた。

「母良田代理、社員証！」

彼は背が低くて頭が大きく、かなりユニークな顔をしている。あだ名は、《平成の子泣きじじい》。

独特なご面相のせいで不審人物に間違われることが多く、スポンサー様の店の前で広告用の写真を撮っていただけで、近所の人に通報されたことがあるらしい。

先日は、面談の約束を知らなかったオーナーの奥様から電話がかかってきた。「名刺をもらったんだけど、ハハヨシダさんって、本当にお宅の社員？」と。

《ハハヨシダ》ではなく、《ホロタ》です。名刺にフリガナふってありますよね？　――

とにかく、怪しげな顔と名前の彼に、社員証は必須《ひっす》アイテムだ。

母良田代理は大急ぎで自分の席へ戻り、引き出しから社員証を取り出した。再びダッシュで戸口へ向かい、扉の手前に立っていた兼田《かねだ》課長とぶつかりそうになる。

「なんだよ～」

兼田課長が顔をしかめた。ただし、母良田代理に文句を言ったわけではなかった。扉の脇にある傘立てから黒い傘を取りあげ、あちこちいじっている。

「も～。ダメだこりゃ～」

出た。兼田課長の『もうダメだ』。彼は常になにかしら困っている。

「オレの傘、壊れてるよ～」

どうやら上手く開かないらしい。

「ここに置いといただけなのに……。前使った時は、問題なかったぞ？　さては、誰か使ったな？　も～、イヤになっちゃうな～。今日、午後から雨の予報だろ？」

私は、ロッカーからビニールの傘を取り出した。

「課長、予備の傘、使ってください」

「──おぉ。あんがと」

川原支店長ほどではないが、彼もいかつい顔をしていて、無愛想だ。でも、ちゃんとお礼を言ってくれる。

私たちの横を、背の高い男性が通り過ぎた。

「いってきます」

森永《もりなが》さんだ。

はっとして、私は壁の一角に視線を走らせた。コンセントに充電器がセットされ、彼個人の黒いスマートフォンが充電中になっている。会社からスマートフォンを支給されるのは、役職がついている人と事務員に限られる。平社員は自分の携帯電話を使用し、通話料も自分で支払っているので、せめてこれくらいはと支店で充電する人が多い。

コンセントから充電器を引っこ抜き、床に直接置かれているスマートフォンと一緒にもって、廊下《ろうか》へ飛び出す。

「森永さん！」

彼は忘れ物が多い。メガネ、上着、契約書……、下手《へた》をすると営業カバンを忘れ、手ぶらでいってしまう。

「スマホ！」

閉まりかけているエレベーターの扉をこじあけ、森永さんに差し出す。

「あ、すみません」

受け取って、彼は照れたような笑顔になった。ややたれ目ながら左右対称の整った顔立ちで、いつも温和そうな微笑を浮かべている。若い頃は、けっこうモテたんじゃないだろうか。

「乗せて～」

兼田課長が私の脇をすりぬけ、エレベーターに入った。森永さんを指差し、ケケケと笑う。

「また忘れ物かよ。そのうち、自分の名前も忘れるんじゃないか？」

兼田課長と森永さん、そして先に出た母良田代理は、ともに五十代で、肩書きに関係なく仲が良い。

軽口をたたく二人を乗せて、エレベーターは下へおりていった。

支店に戻るため廊下を引き返していくと、向こうから木村《きむら》主任と一之瀬《いちのせ》さんがやってきた。

木村主任は三十代、一之瀬さんは二十代で、五日連続一緒に飲みにいったことがあるくらい酒好きだという。

「佐倉《さくら》さん」

木村主任に呼びかけられ、私は立ち止まった。

佐倉夏実《なつみ》。二十五歳。趣味は絵を描くこと。独身、彼氏なし。K支店唯一の女性事務員。それが現在の私のプロフィールだ。ちなみに、《唯一》は《女性》と《事務員》両方にかかる。

「もしかして、前髪、切った？」

「――え？　あ、はい」

唐突《とうとつ》な質問に戸惑いつつうなずくと、木村主任は「やっぱりね」と笑った。

「すごくいいよ。オレ、髪が短い子の方が好き。耳出したら、もっとよくなるよ、きっと」

「そう……ですか」

べつにあなたのために切ったんじゃないし、あなた好みに変えるつもりもないですから。

木村主任は学生時代からテニスをしており、バランスのとれた身体《からだ》と日に焼けた肌をしている。やや長めの髪、高い鼻、くっきりとした二重《ふたえ》の瞳……、ネクタイやスーツの趣味もいい。間違いなくカッコイイ部類に入るだろうけど、「女性は全員オレに気がある」「だからかまってあげなくちゃ」と思いこんでいるフシがあり、みなぎる自信にちょっと引いてしまう。

つくり笑いを浮かべている私に、一之瀬さんが言った。

「そだ。佐倉さん。今日、S歯科医院さんから電話がくるはずなんですよ。ちょっと難しいスポンサー様で、怒らせると厄介《やっかい》なんで、なに言われても全部『OKです』って答えといてくれます？」

「はぁ」

さすが、《究極のイエスマン》。彼は長いものには巻かれろ主義で、あの川原支店長とも上手につきあっている。

愛嬌《あいきよう》のある、くりくりした大きな目。背が低く、いつも元気に動き回っているので、なんだか子猿が駆け回っているような印象を受ける。それでいて、さりげなく気をつかってくれるので、支店内で一番話しやすい相手だ。

（でも、全部OKって、ホントにいいのかなぁ……）

広告料金をタダにしろとか、平気で要求してくるスポンサー様もいるのに。

「よろしくお願いしま～す」

「いってくるね」

二人は手を振り、去っていった。

見送って、私は支店に戻った。扉を開けると、すぐ正面に小さなカウンターがある。仕切りがないので、一目で室内を見渡せた。右の壁際に事務員のデスク、棚《たな》、金庫が置かれ、左の壁際には本棚やロッカー、来客用の赤いソファとローテーブルが並んでいる。奥の窓辺に支店長席、中央に営業さんたちの《島》がある。

(ふ〜。ようやく仕事に取りかかれる)

自分の席へ腰かけると、デスクのすみになにかが置かれた。

「?」

ペットボトルだ。炭酸飲料が半分くらい入っている。

置いた主は、今春入社したという新卒の柚木《ゆずき》くん。彼は、そのまま無言で出入り口の方へ歩き出した。

「ちょ……。柚木さん、これは?」

ぽっちゃり体型、坊ちゃん風の彼が、のっそりと振り返った。

「あ……。もう飲まないんで、大丈夫です」

大丈夫って、なにが?

「飲まないなら、捨ててください」

柚木くんは、目を丸くした。

「え、中、入ってるけど……?」

「だから、中身を捨てて、ペットボトルをゴミ箱に……」

ちゃんとラベルをはがして分別してね、と付け加える前に、彼が口を開いた。

「中身捨てるって、どこに？」

「は？」

廊下に、他社と共用の給湯室があるでしょ。そのシンクに流せばいいんじゃないの？

――あれ？　ダメなの？

真顔で尋ねられると、私までわからなくなってくる。

シンクがダメなら、ちょっとマナー違反かもしれないけど、トイレの手洗い場か、いっそ外に出て地面や溝《みぞ》に流すとか……。っていうか、きみ、今までどうしてたの？　ママにやってもらってたのかな？

「柚木ぃ！」

川原支店長の怒声が飛んできた。

「なにモタモタしてんだ！　さっさと営業いけ！　朝礼終わったら五分以内に支店を出ろって、いつも言ってるだろ！　時間をムダにするな！」

いえいえ、あんたの長い朝礼が一番時間のムダですから。はっきり言って、あれはジャイ○ン・リサイタルですから！

「……」

柚木くんは、ペットボトルを私のデスクに放置したまま、黙って出ていってしまった。

「じゃ、佐倉くん。オレもいくから」

朝から好きなだけ怒鳴り散らした川原支店長が、すっきりした笑顔で片手をあげる。いくといっても、彼は営業しにいくわけではない。徒歩五分の社員寮に戻ってテレビを観るか、徒歩十五分の映画館にいくか、パチンコにいくかだ。たまに支店に残っていても、たいていソファで眠っている。

つまり全然仕事しないし、一人で奮闘する私を助けようともしてくれない。

すでに諦めている私は、曖昧《あいまい》に微笑《ほほえ》んだ。

「いってらっしゃい」

「おう！」

いきかけて、彼は立ち止まった。

「そうだ！　佐倉くん！」

いちいち、声が大きい。

真剣な表情と鋭い眼光に、私は身をかたくした。なにかミスをしただろうか？

「制服のブラウス、サイズ大きくない？　もっとピッチリしてる方がいいと思うぞ！」

「──」

さっさと出ていけ。エロ支店長め。


『あはははは！　会社は社会の反対です、か。そういえば、ウチの支店長も今朝、似たようなこと言ってたなぁ。あれ、本社会議で出た話だったんだ』

会社支給のスマートフォンの向こうから、明るい声が響いてくる。

北陸地方にあるI支店の事務員、月岡《つきおか》さんだ。

支店の事務員は、総務から経理まですべての仕事をこなさなければならない。不慣れな私は、問題が発生するたびに本社や各支店に問い合わせの電話をかけまくり、いつも親切に対応してくれる月岡さんと仲良くなった。

社員アルバムで顔を確認したら、キリリとした美人で、I支店の営業さんたちからは《姐《ねえ》さん》と呼ばれているらしい。

『でもさ、言い得て妙じゃない？』

月岡さんが、笑いをにじませて言った。

『この会社、タイムカードないし。残業代は出ないし。有休なかなかとれないし。禁煙と言いながら、支店内でタバコ吸いまくってるし。完全に社会の流れとは逆をいってるよね』

「やっぱり、残業代出ないんですか?」

『ん～。飛田《とびた》部長に申請すれば出るらしいけど、申請が通ったって話、きいたことないな』

「そもそも、部長はどちらに?」

面接の時に会ったきり見かけない。

『昨日までウチの支店にいたよ。今日はきてないなぁ。本社にでもいったかな』

部長は複数の支店を統括《そうかつ》しており、エリア内を常に移動しているのだ。いったいどこに申請を出せばよいやら……。

私はため息をついた。

「実は、残業代より気になってることがあって……。求人票には、始業は八時三十分って書いてあったんですよ。でも、実際は八時始まりで……。I支店さんも、同じですか?」

『うん。八時から朝礼で、八時半から仕事。朝礼は仕事とみなさないって』

「サギじゃないですか、それ」

朝の三十分は貴重だ。

『だよね～』

月岡さんがコロコロ笑う。社風に慣れてしまったのか、諦めているのか、あまり怒っていないようだった。

『でも、不思議。佐倉さん、よく採用断らなかったねぇ。佐倉さんの前に三人面接したけど、三人とも結果出る前に断ってきたってきいたよ』

どうやって情報を入手しているのか、彼女は事情通だ。

『川原支店長の頰《ほお》の傷を見てビビったんじゃないかって、飛田部長が話してた。——佐倉さんは、怖くなかったの？』

「…………いなかった」

『え？』

「面接の時、川原支店長、いなかったんです。出張で」

他の人は営業に出ていて、対応したのは飛田部長だけだった。彼は優しそうな仏顔をしていたから、すっかり安心していたのに。

いや、待てよ。私の前に三人逃げたって？　そりゃ、あの三白眼《さんぱくがん》に頰の傷、加えて相手を威圧するような大声で話す川原支店長が面接官だったら、私だって断った。これは、もしや。

『あはははは！』

スマートフォンの向こうで、再び笑い声が弾けた。

『だまされたね！』

出張はウソか、わざとだ。私に会わせないようにしたのだろう。

「ううう……恨めしい～」

『まぁまぁ……。私、佐倉さんが入ってきてくれて嬉しいよ。営業さんは、出張でしょっちゅう他支店にいくから友達つくれるじゃない。でも、事務員は孤独でしょ？　電話とはいえ、こんな風に話せる人、今までいなかったもん』

彼女は確か、入社四年目だ。私と同じ中途採用で、年齢は三十。

「私も、月岡さんがいてくださって、よかったです。これからもよろしくお願いします」

『こちらこそ！』

彼女は朗《ほが》らかに続けた。

『K支店は変な人がいっぱい集まってくるってきくけど、頑張ってね！』

へ？

「変な人？」

『特に支店長がね……。いく先々で問題起こしてる人が、最後にたどり着く場所がK支店だって』

……ここは罪人の流刑地《るけいち》ですか。

『川原支店長、営業さんたちの間では《セクハラ・パワハラ・カワハラ》って呼ばれてるらしいよ。頬の傷、なんでついたか知ってる？』

「高校生の時、すごい不良で、タイマンを張ってついた傷だって話してましたけど」

ぶっと月岡さんがふきだす。

『ウソウソ。本当は、小学校四年生の時、教育実習にきた女子大生に後ろから抱き着いて、両手で胸をもみまくったんだって』

もみ……まくった？

『で、思い切り振り払われて、それでもなお触ろうとして突き飛ばされ、運悪く窓ガラスに頭から突っこんで、血まみれになったらしいよ』

そして頬の傷が残った……と。

「ははは……」

もはや、笑うしかない。

『前の事務員さん、シモネタに耐え切れず辞めたんでしょ？　佐倉さん、背後とられないように注意してね。――あ、もうこんな時間！　ごめん。お迎えいかなきゃ』

月岡さんには六歳の息子がいる。時計の針は、終業時刻の十七時三十分を少し過ぎていた。

「こちらこそ、長々すみませんでした」

経理の入力方法をきくだけだったのに、無駄話の方が長くなってしまった。

『いいよ。佐倉さんは残業してくの？』

「はい。まだ慣れなくて、終わらないんです」

デスクの上には、昨日営業さんが取ってきた契約書が山積みになっている。

『そっか。頑張るね～。でも、営業さんたちが帰ってくる前に、支店を出た方がいいよ』

「？」

なんでですか、ときいている暇はなかった。月岡さんが早口で続ける。

『私、仕事が残っちゃった時は、朝早くきてやるようにしてる。──ま、人それぞれだと思うけど。じゃ、お疲れさまでした～』

通話が切れた。最後の忠告は意味不明だったが、前任の事務員さんが辞めた理由はわかった気がした。

（シモネタがイヤだったのね）

銀ブチのメガネをかけ、長い髪を後ろでくくった、真面目《まじめ》そうな顔を思い出す。

（すごく仕事できたし、健康にも問題なさそうだったし、結婚するって話もきかなかったから、なんで辞めるのか不思議だったんだよね……）

引き継ぎ十日で慌ただしく去っていったのも、うなずける。外見通りの性格なら、フィリピンパブの話など我慢できなかっただろう。

スマートフォンを充電器につないでいると、コンコンと扉がノックされた。慌ててカウンターの前に立つ。

「コニチハ～」

きつくウエーブがかかった金髪に茶色の瞳の女性が、戸口から顔をのぞかせた。

高い鼻、長いマツゲ、濃いチークとアイシャドウ、真っ赤な口紅。ブラウスのボタンがはちきれそうなほど豊かな胸。色とりどりの花が描かれたミニスカートにピンヒールをはいている。

「ドウモ～。ターくん、いる～？」

ターくんって、誰？

明らかに外国人だ。このビルの八階には、在日外国人のための日本語教室がある。目的地を間違えたのだろうか。彼女は遠慮《えんりょ》なく中に入ってくると、カウンターにもたれかかり、舌足らずの甘い声で繰り返した。

「ね～。ターくんは？　遊びにきてネってゆってたから、ソニアちゃん、きたヨ～」

「ターくん、とは?」

英語には自信がないので、ひとまず日本語できいてみた。彼女は支店内を一通り眺め、私以外に人がいないと知ると唇をとがらせた。

「タカシ、だヨ」

彼女がポケットから取り出した名刺には、ウチの会社名と川原支店長の氏名が印字されていた。《川原隆《たかし》》——ターくん。

んん? この人さっき、自分のことを「ソニアちゃん」と言っていた? まさか、今朝支店長が話していた、フィリピンパブで働く二十歳《はたち》の女の子?

「ねぇ、あんた、ひとり? オトコ、いないの?」

「はい。まだ帰ってきていません」

「なーんだ」

彼女のテンションが急降下し、声が一段低くなった。乱暴に前髪をかきあげ、脇にはさんでいた小さなバッグからタバコを取り出す。両手のツメは長く、ジェルネイルが施《ほどこ》されていた。ピンクとホワイトで綺麗《きれい》なマーブル柄がつくられ、花やラメがちりばめられている。

「せっかく営業きてやったのにさ」

あれ？

違和感を覚えながら、私は言った。

「申し訳ありません。支店内は禁煙です」

「そこに灰皿あるじゃん」

女性が顎《あご》をしゃくり、《島》の中央に置かれているガラスの灰皿を示す。

しまった。禁煙が形ばかりなのがバレてしまった。支店内でタバコを吸わないのは私だけだ。

赤面し、あれれ？　と首をかしげる。彼女が本当にフィリピンパブのソニアちゃんなら、先月日本にきたばかりのはず。

「あの。日本語、お上手ですね」

「うん。こっちにきて十年だもん」

十年？

「そだ」

彼女はバッグの中を探り、ピンクの紙を数枚取り出した。

「せっかくきたんだから、みんなの机に名刺置かせてもらっていい？　ここ、男ばっかりなんでしょ？」

「あ、こちらでお預かりします」

カウンターを回って中まで入ってこようとする彼女を制し、名刺を受け取る。そこには、やたらくねくねした文字で《ラブ・ショット》ソニア（二十歳）と書かれていた。

やはり、例のソニアちゃんだ。まじまじと相手を見つめる。私より、頭一つ分くらい背が高い。

（この人、私と同い年くらい……いや、年上じゃない？）

顔は化粧《けしよう》で上手《うま》く隠しているが、手と首には細かいシワがあるし、様々な経験を積んできた貫禄《かんろく》のようなものが感じられる。少なくとも二十歳の純粋さは……ない。

私の視線からなにかを感じ取ったのか、彼女はニッと笑った。

「十八の時に日本にきて、今年で二十八歳で～す！」

片目を閉じ、人差し指を立てる。

「みんなにはナイショだヨ。ゆってもオトコは信じないから、平気だけど。——じゃ、またネ～！」

カタコトに戻り、手を振って出ていく。

（え、またくるの？）

勘弁してほしい。

ため息をつき、名刺をゴミ箱に捨てる。自分のデスクに戻って、昨日営業さんが取ってきた契約書に記入もれがないかチェックする。続いて支店口座への振り込みを確認し、回収入力――。

「ただいま戻りました！」

バタンと扉が開いて、木村主任と一之瀬さんが入ってきた。

「あれ。佐倉さん、まだいたの？　ラッキー！」

一之瀬さんが目ざとく私を見つけ、デスクに駆け寄ってくる。

「高速代、精算できます？　金欠で、サイフに二百五十円しか入ってないんですよ」

「いいですよ」

金庫を開け、小口現金を取り出す。

「ついでにオレもいい？」

木村主任が差し出した領収書は、コピー代――八十円だった。

そうこうするうちに、みんなぞろぞろと帰ってきた。なぜか、「佐倉さんがいる！」と、嬉しそうな顔で近寄ってくる。

「先月発行したタウン情報誌、今日中にスポンサー様へ発送してくれる？　これ、住所。――あ、送付文もつけてね」

「メールを送信したいんだけど、エラーが出ちゃって……」

「天井の電球が消えかかってるよ。ストックない？」

「ぼくに新しい契約書を出してください。あと、ボールペンとクリアファイルと修正液もください」

「ねぇ、オレの社員バッジ、落ちてなかった？」

「あのさ。契約書のこの欄《らん》って、抜けてるとまずいんだっけ？　代筆ＯＫ？」

……………わかりましたよ、月岡さん。「営業さんたちが帰ってくる前に支店を出ろ」という忠告の意味が。

みんなが戻ってくると、もう私の仕事はできない！　それどころか、余計な仕事が分……否《いな》、秒刻みで増えていく！

ヒナ鳥のようにピーピーまつわりついてくる営業さんをなんとか振り払い、電車に乗って自宅の最寄り駅に着いた時には、二十一時を回っていた。

「疲れた〜」

ここから一人暮らしのアパートまで、自転車で十分。午後から雨の予報だったが、曇りのままだ。助かった。ヨロヨロと自転車置き場へ向かう。

（結局、自分の仕事、全然はかどらなかった。やっぱり、朝早くいくしかないか）

個人情報が記入された書類が多いので、持ち帰るのは無理だ。

閑散《かんさん》とした自転車置き場を横切り、緑色——正確にはジェイドグリーン——の自転車の脇で立ち止まる。

（ただいま）

私の大切な相棒、《迅之助《じんのすけ》》だ。

物に名前をつけるなんて、小学生みたいで恥ずかしい。でも、《彼》は特別な存在だ。

私の両親は、中学校の教諭をしていて、とにかく厳しかった。マンガ、ゲームは一切禁止。テレビを観ていいのは、十九時から三十分間、親が許可した番組だけ。お小遣いはなし。オモチャはもちろん、自転車すら買ってもらえなかった。なにより苦痛だったのは、将来教職につけと強制されたことだ。私は絵を描くことが好きで、イラストレーターになるのが夢だったのに。

やがて両親は、なにをやっても平均以下の私より、優秀な三つ年下の弟へ期待をかけるようになった。——ちなみに彼は、小学校の頃から満点のご褒美《ほうび》として好きなオモチャを手に入れ、中学一年生の時には期末テストで学年一位に輝き、マウンテンバイクをゲットしていた。

私は、満点や学年一位は無理だったものの、短大卒業間際に投稿《とうこう》したイラストで新人賞を受賞し、家出同然で上京。晴れてイラストレーターになった。

この時の賞金で買ったのが、《迅之助》だ。

ハンドルを握った瞬間は、胸が躍った。

自分の才能で得たお金で、初めて買った自転車。もう、親や弟に頭をさげて自転車を借りる必要はない。好きな時に、好きなところへいける。

《迅之助》は、自由の象徴だ。

何度か引っ越したけれど、家具や家電は処分しても、この自転車だけは絶対に手放さなかった。――四ヶ月前、地元に帰ってきた時も。

（そう。帰ってきちゃったんだよね～）

ライトをつけて、ペダルをこぐ。駅前の噴水は、昔のままだ。

結局私は、イラストの仕事だけでは食べていけなかった。最初はライトノベルの挿絵をいくつか担当したけれど、次第に依頼は減り、バイトに費《つい》やす時間が増えた。そんな頃、高校の同窓会に出席するため、久し振りに帰省《きせい》した。

意外なことに、仲の良かった数名の友達は、全員地元に戻ってきていた。進学で一度は県外に出たものの、結局Uターンしたという。

「ナツも帰ってくればいいのに。そしたら、いつでもみんなで会えるよ」

そんな軽い一言がきっかけで、私は決めた。もう一年、二十五歳の誕生日まで必死に頑張って、芽が出なければ、夢はキッパリ諦める。そして、地元に戻って就職する。

結果は――ご覧の通りだ。

（ま、自分で決めたことだから、後悔はしてない）

ただ、もう少しマシな会社で働きたかった。

コンビニ前の信号を左折しそうになり、慌てて右折する。左へいくと、実家にたどり着いてしまう。戻ってきていることは、家族には知らせていなかった。

（隣町に住んでるから、いつかバレるだろうな）

せめて隣の市くらいまで離れたかったが、一番安いアパートがここ、《エイプリル》だったのだ。自転車置き場に《迅之助》をとめて、階段をのぼり二〇一号室へ。

靴《くつ》を脱いで部屋に入ると、どっと疲労感に襲われた。

（お風呂……より先に、ご飯……）

冷蔵庫には、面白いくらいなにもない。

（もういいや。晩ご飯はナシ）

パジャマに着替える。

（最近、ろくなもの食べてないなぁ。そうだ。どうせなら明日、始発でいこう。――で、

駅前で朝からやってるパン屋さんでサンドイッチとカフェオレ買って、支店で食べよう。うん、いいね)

ベッドの上に倒れこむ。ちょっとのつもりが、立ちあがれなくなった。

(ヤバい。お風呂……せめてメイク落として……)

暗転。

翌日。十月の朝五時四十分は、さすがに冷える。

「うわ~。自転車置き場、ガラガラ」

いつもなら学生の自転車であふれかえっているが、今日は好きな場所にとめられる。一番出し入れしやすく、雨のふりこまないところにとめようとすると、すでに一台の自転車が置かれていた。

眠気でぼんやりしていた目が大きく開く。

「綺麗《きれい》」

思わず声に出していたくらい、美しい青色——正確にはシアンブルー——の自転車だ。

（自分で塗ったようには見えないな。全然ムラがない）

一直線のハンドル……クロスバイク……だろうか。前カゴはなく、後輪の上に荷台……キャリアが設置され、私が欲しいと思っていたリアサイドバッグが取り付けてある。タイヤの左右にバランスよく垂れさがる形のバッグで、外から中身が見えないし、雨にもぬれにくい。これは、ぶ厚い黒の布製だった。

（かっこいい）

ちなみに私の《迅之助》は、シティサイクル——通称ママチャリだ。買った当初は鮮やかだった緑色は、ちょっとくすんでいる。それでも、自慢の相棒だ。

（きみら、お友達になりな）

心の中でささやきながら、青い自転車の隣へ《迅之助》をとめる。

意思があって、互いに会話している機関車のアニメがあった。あのアニメみたいに、二台でおしゃべりでもするといい。

（あ、私のケツ圧が高くて辛《つら》いというグチはこぼさないように）

《迅之助》に指をつきつけ、改札口へ急ぐ。

ホームには、思ったよりたくさんの人が並んでいた。

スーツを着た人、作業着の人、パーカにリュック姿の人。圧倒的に男性が多く、そろって疲れた顔をしている。

(この中に、あの自転車の持ち主がいるのかな。あ、昨日から置きっ放しって可能性もあるか)

早起きは三文《さんもん》の徳という諺《ことわざ》があるけれど、その日はすべてが順調に進んだ。

サンドイッチは具沢山《ぐだくさん》で、熱々のカフェオレは美味《おい》しかった。早朝の支店は電話も鳴らず、営業さんから手伝いを頼まれることもなく、仕事がはかどった。おかげで、一時間半かかった朝礼にも、イライラせずにすんだ。

これなら、定時にあがれそうだ。

(始発出勤、いいね！　明日はベーグル買ってみようかな)

浮き浮きしていると、会社支給のスマートフォンが鳴った。一之瀬さんから電話だ。

「はい。K支店、佐倉です」

『お疲れ。一之瀬で〜す。佐倉さん、今日ヒマ？　急で悪いんだけど、歓迎会をやりたいんだ。きて、くれるかな？』

「いいとも！」と即答はできなかった。

(久し振りに定時で帰りたかったのに……)

けれど、歓迎会をしてくれるというのは嬉しい。営業職と事務職の違いか、あるいは単に性別のせいか、みんなとの間に微妙な隔《へだ》たりを感じるのだ。特に五十代のおじ様たちは、私を遠巻きにして様子をうかがっているフシがある。飲み会は、距離を縮めるチャンスだ。

「ありがとうございます」

出席すると言うと、一之瀬さんは喜び、続いて少し声のトーンを落とした。

『えっと、それで、一つお願いが……。歓迎会については、本社から補助金みたいなヤツが出るはずなんですよ。ぼく、詳しくは知らなくて……佐倉さん、調べて書類出しておいてもらえませんかね？　開催日過ぎると、申請できないらしいんです』

自分の歓迎会の費用を、自分で申請するのか……。しかし、イヤとは言えない。

「わかりました」

『お店は、兼田課長のオススメのところで、課長が予約入れてくれるそうです』

よかった。さすがにそこまで自分でやるのは、ちょっと哀しい。

『じゃ、ぼくら、今日は早めに支店へ戻りますね！』

飲める、というだけで、一之瀬さんは無条件に嬉しそうだった。

連れていかれたのは、支店から徒歩十分、最近オープンしたばかりの創作料理店だった。店名は《さわふじ》。主に旬《しゅん》の魚を使った和風の料理を出すらしい。

雑居ビルの二階にある店内は意外に広く、お祝いの花が飾られたカウンター席と座敷席、三つの個室があった。個室の一つは、お店に入ってすぐ右手にあるテーブル席の部屋。残り二つは、奥にある畳《たたみ》敷きの和室だ。

黒塗りのテーブル。赤い座布団。照明は竹と和紙でできている。すでに満席に近い状態で、にぎわっていた。

「どーも、いらっしゃい！」

カウンターの向こうで包丁を手にしていた三十代くらいの男性が、兼田課長の姿を見るなり、調理場から飛び出してきた。黒いTシャツの左胸に黄色で店名が書かれ、白い前掛けをつけている。広い肩幅、筋肉が盛りあがった二の腕、太い眉《まゆ》。笑うと目が細くなり、大学生かと疑うほど若々しく見えた。

「兼田様――八名様ですね。ご予約、ありがとうございました！」

「店長。開店、おめでとう」

兼田課長は、見たことのない笑顔で男性と握手を交わした。ちょっと気味が悪い。

「今日はよろしくね」

「はい。どうぞ、こちらへ！」

奥の、畳敷きの個室に通される。

「おまかせコースでいいですね？　あ、まず飲み物を」

注文をきき、出ていこうとする彼に、兼田課長が膝立ちで近寄っていった。

「店長。あの話、覚えてるよね？」

声をひそめたつもりだろうが、下座――戸口近くに座っていた私の耳には、はっきりときこえた。

「ええ、もちろんです」

店長は爽《さわ》やかにうなずき、やはり声を落とした。

「帰りに、時間つくりますから」

「本当？　約束だからね。――待ってるよ」

最後の一言に、鳥肌が立つ。

なに、今の意味深な会話。あの話って、待ってるって、なんですか。強面《こわもて》の課長がニコニコ笑ってるし、なんだか妙に仲がよさそうだし……。友達？　にしては、年齢が離れすぎ……。もしかして、あんたたち、つ、つつ、つきあっていたり……？

（落ち着け）

Ｋ支店で独身は、私と一之瀬さんと柚木くんだけ。あとは全員妻子もちのはず。ってことは、――ふ、不倫《ふりん》？　男性と？

混乱のあまり、川原支店長の長いスピーチは耳に入らず、改めての私の自己紹介も、なにをしゃべったか覚えていない。せっかくのお酒と料理の記憶も曖昧《あいまい》だ。とにかく、気がつくと、歓迎会はほぼお開きに近い状態になっていた。

川原支店長はお皿をさげにきたバイトの女の子を熱心にナンパしているし、五十代三人組――兼田課長・母良田代理・森永さん――は、半分寝そべるようにして、互いにしかわからないジョークを飛ばしている。木村主任と一之瀬さんは、二次会をどこにするか議論し、柚木くんは――いない。まさか、帰ったのか？

（うそ。なにやってんの、私。距離を縮めるはずだったのに！）

割《わ》り箸《ばし》を握りしめて悔しがっていると、横から肩をつつかれた。兼田課長だ。

「佐倉さん。悪いんだけどさ……」

伝票を差し出してくる。

はいはい、お会計ね。ちなみに書類はちゃんと提出しておきました。領収書をいただければ、後日本社から支店の銀行口座に経費が振り込まれます。

立ちあがろうとした私の耳に、兼田課長の息がかかった。

「ついでに、店長を隣の個室に連れてきてくれる？　さっきお客さん帰って、空いたみたいだから」

「！」

　またしても、鳥肌が立つ。なんで、わざわざ人のいない隣の個室？　連れてきて……、どうするつもりですか！

　よろめきつつ自分のパンプスをはき、カウンターまで出ていく。

　店長が目ざとく私を見つけ、笑顔になった。

「ご注文ですか？」

「いえ、お会計を——」

　彼が、カウンターからレジへと移動する。上手《うま》く個室へ誘導せねば……。私はツバを飲み、思い切って口を開いた。

「あ、あの。——領収書、お願いします」

　間違えた。いや、領収書は必要だ。

　再び勇気を振り絞《しぼ》り、顔をあげる。店長は身を屈めて領収書を書いていた。

「あああ、あの。兼田課長が呼んでます」

　あっちで、と個室を指差す。

店長はきょとんとし、「いけね」と頭をかいた。

「すみません。忘れてました。契約、ですよね」

「は？」

今度は私がきょとんとする。

「タウン情報誌……でしたっけ？　あれに広告載せるかわりに、今年と来年の飲み会は全部ウチでしてくれるって、兼田さんが――。あれ？　きいてませんでした？」

首をかしげ、「あっ」と口をおおう。

「しまった。内緒だったんだ。今の、きかなかったことにしてもらえません？」

私の全身から、一気に力が抜けた。

なーんだ。そういうことか。

この辺りは、今月の兼田課長の担当地区だ。そして彼は、もう少しで目標金額を達成できるところまできていたはず。会社の経費で飲み食いし、新規契約を取る。一石二鳥だ。

内緒にして、隣の個室に呼び出そうとしたのは、多分、自分だけ楽をして契約を取ることが後ろめたかったのだろう。――契約書を提出したら、店名でバレると思うけど……。っていうか、みんな薄々気づいてると思う。それでも、おおっぴらにやるのは気が引けるということか……？

（……にしてもさぁ）

店長とヒソヒソ話したり、待ってるよと言ってみたり――紛《まぎ》らわしいんだよ！　あり得ないと思いつつ、うっかり深読みしちゃったじゃん！

緊張がとけると同時に、猛烈な怒りがこみあげてきた。お酒が入っていたせいか、頭がクラクラし、身体《からだ》が傾く。

「危ない！」

倒れかかった私の肩を、店長が支えてくれた。骨ばった大きな手だった。

「すみません。ちょっと……貧血……？」

「大丈夫ですか？　横になります？」

「いえ。平気です」

ふらつきは、すぐにおさまった。しっかりと自分の足で立ち、領収書を受け取った時、背後から鋭い声が飛んできた。

「コータ。なにしてんの？」

振り返ると、赤いワンピースを着た女性が立っていた。

（誰？）

胸元にガラス玉が連なったネックレスがぶらさがっている。長い髪は美しい茶色、スキのない完璧《かんぺき》なメイク、そして明らかにトゲのある視線を私に向けている。

女性の眉間《みけん》のシワに気づかないのか、店長は嬉しそうに笑った。

「ユカリ。きてくれたんだ。ちょっと今、立てこんでるから、カウンターに座って待っててよ」

私の肩から手を離し、個室へ向かう。

《コータ》《ユカリ》は、おそらくお互いの名前だろう。二人は親しい仲——友達か恋人だろうか。

不機嫌な女性と二人きりにされるのがイヤで、私は慌てて店長についていった。

後ろから、チッと舌打ちの音が追いかけてくる。

「立てこんでるって？　偉そうに」


(今日もある)

早朝の自転車置き場に、例の青い自転車がとめてあった。相変わらず美しい色だ。隣へ《迅之助》をとめ、カギをかける。昨夜、歓迎会から帰った時にはこの自転車はなかったので、置きっ放しではない。

（持ち主は、どんな人だろう）

この色なら、男性の可能性が高い。

（自転車のタイプから考えて、アウトドア好き？　日頃から鍛えてそうな人かな？）

改札を通ってホームに立ち、辺りを見回す。みんな眠そうな疲れた顔をしていて、ピンとくる人はいない。数分後、定刻通りに電車がやってきた。

（朝ごはんは、ベーグルとミルクティーにしよう。……今日はタウン誌の見本が刷《す》りあがってくる日だから、広告の電話番号や営業時間に間違いがないかチェックして、一部をスポンサー様に発送……忙しくなりそう）

それでも、始発出勤のおかげで作業は順調に進んだ。トラブルは、気がゆるんだ頃――間もなく昼休みという十一時四十五分に、突然起こった。

「すみません」

前触れもなく支店の扉が開き、女性が入ってきた。

「いらっしゃいませ」

カウンターまで出て、私はすぐに気づいた。昨夜、創作料理《さわふじ》で店長と話していた人だ。確か、《ユカリ》と呼ばれていた。彼女も私に気づいたかどうか……険《けわ》しい表情でカバンから半分にたたんだ紙を取り出した。

「これ。解約したいんだけど」

昨夜、兼田課長が店長の《コータ》と交わした広告掲載の契約書だ。正確には、三枚複写のうちの一枚、お客様控えだった。

（なぜ、あなたがこれを？）

コータ店長に頼まれてきたのだろうか。

どちらにしろ、勝手に解約を受け付けると、営業さんに恨まれることになる。新規契約を一件取るのにどれだけ苦労しているか、入社してまだ日の浅い私にもわかっているつもりだ。

（ここは慎重に……）

「担当者に伝えます」などと曖昧《あいまい》なことを言うと、相手は「了承してくれた」と思いこみ、解約を阻止《そし》しようと訪問した営業さんに、「もう事務員に頼んじゃったから手遅れだよ」と言ったりする。

こういう場合は、「事務では解約を受けられません。担当者から折り返しご連絡いたします」と保留状態にして、すぐに営業さんに知らせるのがベストだ。私から報告を受けた営業さんがスポンサー様のところへすっ飛んでいき、頭を下げて頼むと、「仕方ないなぁ、じゃあ、今回だけね」と、解約を思いとどまってくれる人が多い。——つまり、私の対応が命運をわける。

小さく息を吸い、私ははっきりと言った。

「申し訳ありません。事務員の私では、解約は受け付けられないのです。すぐに担当者に連絡を取りますので——」

少々お待ち下さい、と続けようとした左の頰《ほお》に、バチンとなにかがぶつかった。

「？」

口の中にじんわりと血の味が広がり、平手で殴《なぐ》られたのだとわかった。

（？？）

混乱のあまり動けない私の前で、ユカリさんが怒濤《どとう》の勢いでしゃべりだした。

「うっさいわね！　あんた、人の旦那《だんな》から色仕かけで契約とっておいて、なにが担当者よ！」

（？？？）

「私、見てたんだからね！　あんたがコータにもたれかかって、二人で個室に入ってくところ！　あとで問い質《ただ》したら、『広告の契約しただけ』だって！　ふざけんなよ！　こんなの、今すぐ解約！　いいえ、解約くらいじゃすまないわ！」

突きつけられた指のツメに、綺麗《きれい》なオフホワイトのジェルネイルが塗られていた。

《?・》でうめつくされていた私の脳が、ようやく再起動する。

この人は、《さわふじ》の店長の奥さんだったのだ。昨夜、私がめまいを起こしてよろめいたところをコータ店長に支えられ、その後、兼田課長との契約のために個室に連れていったのを見て、私がコータ店長とふ……ふふ、不倫っぽいことをして契約を結んだと誤解している、らしい。

(どどどど、どうしたら……)

その時、ポケットに入れていた会社支給のスマートフォンが、最大ボリュームで鳴りだした。川原支店長から電話だ。

(天の助け!)

などと一瞬でも思った私は、学習能力が足りない。

『佐倉くん? オレ』

「あああの、支店長」

必死で窮状《きゅうじょう》を訴えようとしたが、支店長の大声にかき消されてしまった。

『悪いんだけど、ちょっとオレの机にいってくれない?』

「は?」

カウンターの向こうでは、ユカリさんがかみつきそうな表情をしている。私は窓辺の支店長席まですっ飛んで逃げ——移動した。

「机の前にきました」

『じゃ、右の、一番下の引き出し開けて。そこに、黒い袋入ってない？』

「……あります」

イヤな予感がする。この見慣れたものは、レンタルＤＶＤの袋では……。

『やっぱり、ある？　それ、今日ツ○ヤに返却しなきゃいけないんだよ。今、ビルの下にいるから、もってきてくれない？』

一方的に己の要求だけを伝え、プツリと通話は切れた。

（下にいるなら、自分であがってこいや！）

怒りでわめきそうになり、ハタと気づく。

（待てよ）

この状況、使えるかもしれない。

すぐ近くに支店長がいる。小学四年生から筋金《すじがね》入りのオッパ○星人が。

スマートフォンを素早く操作する。

『申し訳ありません。ただ今、巨乳美女が来店中のため、下へはいけません』

メール送信。――してすぐ、本当に驚くほどすぐに、ダダダダダとすさまじい足音が近づいてきて、バタンと扉が開いた。

「どうも、お待たせしました！　支店長の川原です！」

誰が待っていると思ったのだろう。とはいえ、私は心の中でガッツポーズをした。

（してやったり！）

たまには彼も働くべきだ。

ユカリさんが、川原支店長に詰め寄った。

「支店長って、責任者？　ちょっと、きいてよ！」

「はいはい。どうぞこちらへ」

巨乳……とまではいかなくても、私よりはるかに大きい胸に満足したのか、彼は上機嫌でユカリさんを来客用のソファへ誘導した。ローテーブルをはさんで向かい合わせに置いてある、赤いソファに座らせる。

入れ違いに、私はそっと支店の扉の前に移動し、超小声で「お茶をいれてきます」と言って外へ出た。

「は〜。死ぬかと思った」

廊下《ろうか》の途中にある給湯室へ入った途端、膝から力が抜けて床にへたりこんだ。左頬がジンジンする。冷やした方がいいだろうか。しかし、時間がない。あの支店長が、事態を収《しゅう》拾《しゅう》できるはずがないのだ。急ぎ兼田課長に連絡を取って、なんとかしてもらわなければ。

握りしめていたスマートフォンで課長に電話をかけようとしたが、指が震えて別のアイコンをタップしてしまった。自覚している以上にショックを受けているようだ。

深呼吸を三度繰り返し、もう一度指を伸ばした時だった。扉のついていない給湯室の前を、人影が通り過ぎた。

(！)

慌てて出入り口から顔をのぞかせる。廊下を支店の方向へ歩いていく、背の高い女性の後ろ姿が見えた。ヒョウ柄のミニスカートにピンヒール、脇に小さなバッグをはさんでいる。

(ソニアちゃん？　うそでしょ！　なんでこんな時間に？)

昼間なら男の人がいると思ったのか。

(今はマズい！)

止めようと追いかけたが間に合わず、彼女はなんの躊躇《ちゅうちょ》もなく支店の扉を開けてしまった。

「ハ～イ！　ターくん、いる？　一緒にランチしよ～！」

なるほど、奢《おご》ってもらおうとして、お昼時にきたか。瞬時に理解し、私は後ろから彼女の腕を引いた。

「すみません」

「わ！　なに？　ビックリした」

「今、来客中で――」

ちらっと室内に目をやり、私はぎょっとした。ソファに座っていた女性が、驚いたように身体をひねってこちらを見ている。その頬に、涙が流れていた。

「ソニアちゃん！　きてくれたの？」

嬉しそうに立ちあがった支店長に、私は叫んだ。

「なにしたんですか！」

ソニア嬢も、キッと彼をにらんだ。

「ターくん、オンナノコ泣かせるなんて、サイテー！」

「違う、違う」

支店長は両手をあげた。

「オレはただ、慰《なぐさ》めてただけ。この人、最近東京から越してきて、慣れない土地で苦労してるんだって」

「は？」

この短時間に、どうすれば解約から人生相談になるのだろう。ユカリさんは素早くカバンからハンカチを取り出し、目元を押さえながら勝手に語りだした。

「ウチの人、私になんの相談もなく脱サラして、地元に戻って、借金してあのお店開いたの。夢だったんだって」

そんな夢はきいてなかったと、ため息をつく。

「自分はいいよ。昔の友達と再会して、やりたいことやって、充実した毎日送ってさ。お店は順調で、広告まで出すって……。けど、私は？　せっかくネイリストの資格とって、勤め先見つけて、お客もつき始めたところだったのに、いきなり知らない土地に連れてこられてさ――」

「東京に残ればよかったのに」

唐突《とうとつ》に、ソニア嬢が口をはさんだ。ユカリさんは「誰？」という表情をしたものの、そんなことはどうでもいいと思ったのか、強い口調で反論した。

「無理だよ。お金ないし、独りなんて……イヤ」

「好きなんだ。ダンナさんのこと」

ソニア嬢の言葉に、ユカリさんは目を伏せた。

「べつに――」

「じゃ、寂しいよね。ほったらかしで」

「寂しいっていうか……腹が立つの！」

彼女がこぶしを握った。

「自分だけ生き生きしちゃって、なんなのよ！　私なんて、まだスーパーの場所も把握《はあく》してないのに！　お気に入りの柚子胡椒《ゆずこしょう》、こっちで売ってないのよ！　終バス十九時二十一分って、田舎《いなか》すぎでしょ！　エステもジムも、おしゃれなカフェもない！　隣のオバちゃんは会う度《たび》に『お子さんは？』ってきいてくるし、姑《しゅうとめ》は毎週遊びにきて掃除《そうじ》の仕方とかチェックするし！　イライラする！」

ものすごい勢いでまくしたてられ、私は半歩後ろにさがった。逆に、ソニア嬢が一歩前に出る。

「わかる、わかる。知らない土地って、苦労するよね。私も初めて日本にきた時、ストレスで十キロも太ったんだよ！」

「十キロ？」

支店長が目を丸くする。彼女はかまわず、ユカリさんの隣に座った。いつの間にかカタコトが消えている。

「日本人と結婚して、楽に暮らせると思ってこっちにきたんだけど、彼、実はすごい貧乏《びんぼう》でさ」

支店長が再び目をむく。

「えっ。ソニアちゃん、結婚してたの？」

「仕方ないから、化粧品《けしょうひん》つくる工場で働いたの。でも、日本語しゃべれないし、仕事覚えられないし……。結局、一番キツいライン作業に回されて、深夜勤務ばっかりで、給料はアホみたいに安いし、彼は仕事辞めちゃうし。ある日、独りでメソメソ泣きながらお弁当食べてて、ふと思ったんだよね」

私も支店長もユカリさんも、ソニア嬢の話にきき入っていた。彼女はにっこりと笑った。

「ふざけんな。って」

これはまた……意外な一言。

「このまま一生メソメソ泣いて暮らすなんて真っ平だって。それまでは、彼が私を幸せにしてくれる。日本にくれば豊かに暮らせるって考えてた。でも、違った。私の人生を変えられるのは、彼でも日本でもない。私だけ。誰にも頼らず、自分でやらなきゃって……。お弁当食べ終える前に工場辞めて、夜のお店で雇ってもらったの」

ソニア嬢はユカリさんの手を取った。

「あんたも、ダンナさんや周りの人に振り回されちゃダメだよ。人間、どこにいたって、やりたいことができるはず。――やりたいこと、ないの？」

「あ――」

すっかり毒気を抜かれた顔で、ユカリさんが瞬きをした。

「やっぱりネイル、かな？　……せっかく資格取ったし。将来は自分のネイルサロンを――」

「すごい！　じゃ、今すぐやろう！」

「え。今？　ダメだよ。道具ないし……第一、どこで？」

「お店は？」

ポロリとつぶやいたのは、私だった。ソニア嬢とユカリさんが振り返る。戸惑いつつ、私は続けた。

「《さわふじ》さんって、開店は夜だけですよね？　昼間はネイルサロンにするとか……」

飲食店でネイルなんて無理！　と一蹴《いっしゅう》されるかと思いきや、ユカリさんは真剣な表情で検討《けんとう》を開始した。

「う～ん。しこみや新メニューの考案で昼間も使ってるけれど、いつもじゃないし。完全予約制にして、出入り口付近の個室だけ使わせてもらうとか……いいかも」

「じゃあ、ダンナさんに相談してみようよ！　ってか、そのお店どこ？　今から見にいける？　ネイルなら、私、あちこちのお店にいってるから詳しいよ。アドバイスできるかも」

ソニア嬢が、本日も美しく彩《いろど》られたツメを見せ、女性の腕を引いて立ちあがった。

「オレもいく！」

すかさず支店長が、小学生のように手をあげた。

「三人で、ランチ食べながら相談しよう！　オレ、奢《おご》るし！」

時刻は昼の十二時三十分。私は腕を組んだ。

(三人で……。ふ〜ん。私は数に入ってないんだ)

別にいいけど。仕事あるし。

鼻白《はなじろ》む私の前を通過して、みんなぞろぞろと廊下へ出ていく。扉が閉じ——すぐに開いた。

「あの」

ユカリさんだけが戻ってきて、私の正面に立った。気まずそうに視線をそらし、頭をさげる。

「すみませんでした。解約は……私がカッとなって勝手にやろうとしただけだから……なかったことにしてください」

「わかりました」

「じゃ」

もう一度頭をさげて、彼女は出ていった。

パタンと音を立てて扉が閉まり、静寂が訪れる。

なんだかよくわからないが、解約は阻止《そし》され、すべて丸く収まった……のか？

私はホッと息をついた。

（よかった）


（いや、やっぱりよくない）

仕事を終え、帰宅するために電車に乗って窓の外を眺めているうちに、フツフツと怒りがこみあげてきた。

よかったのは、解約を免れた兼田課長と、女性二人とランチにいくことができた川原支店長、ランチを奢ってもらったであろうソニア嬢と、不満をぶちまけてすっきりしたユカリさんであって……私は？

私は、ちっともよくなかった。殴られて、不倫《ふりん》疑惑をかけられて、昼休みが半分潰れて……最悪だ。

（ふざけんな）

だいたい、あの会社はなに？　今回はたまたま支店長が近くにいたけれど、普段事務所にいるのは私だけ。もし刺されていたら、どうなっていたか。

他にも、始業は規定より三十分早いわ、朝礼はジャ○アン・リサイタルだわ、残業代は出ないわ……最低だ。

おりる駅に着き、改札を通ってもまだ、怒りはおさまらなかった。

（なにが会社は社会の反対よ。カッコつけてさ。反対どころかメチャクチャじゃん。あんな会社、明日にでも辞めてやる――）

ハタと足を止める。場所は自転車置き場。《迅之助》の隣に、誰かいる。

スーツ姿の男性だ。こちらに背を向け、あの青い自転車のカギを外している。

――と、視線を感じたのか、彼が振り返った。

（優しそうな人）

それが最初の印象だった。穏やかな目と口角があがった口元から、そう感じたのだろう。

痩《や》せぎみで足が長く、さらさらの髪をしている。高い鼻、鋭角的な顎《あご》、ほどよく日に焼けた肌……。

「?」

彼が不思議そうな顔になったので、私は慌てて《迅之助》に近づいた。「あ」とつぶやき、男性がわずかに脇へよける。

(な、なにか話を……)

「ステキな自転車ですね」と声をかけられたらよかったのだけれど、突然の出会いにパニックを起こし、それどころではなかった。《迅之助》のカギを上手《うま》く外せず、あせってがちゃがちゃやっている間に、彼は青い自転車を押していってしまった。

自転車置き場では乗らず、道まで出て、左右を確認してからサドルにまたがる。

そのさりげない礼儀《れいぎ》正しさに、くらっとした。

「はぁー」

彼の姿が暗がりに消えてから、《迅之助》のハンドルをなでる。

「ビックリした。持ち主、あんな人だったんだねぇ」

どこに住んでいるのだろう。年齢は……私と同じくらいに見えた。スーツを着ていたが、どんな仕事をしているのか……。

「とりあえず……」

ライトをつけ、私は厳《おごそ》かに言った。

「明日会社を辞めるのは、やめよう」

始発出勤していれば、また会えるかもしれない。辞めるのは、彼と親しくなったあとでも悪くない。

足に力をこめてペダルをこぐ。ギギッと自転車が音を立て、《迅之助》が笑ったような気がした。

第二章

あなたのお名前なんてーの？

最近、電話が怖い。

『ちょっと、お宅の社員、どうなってるの！　今日、午後の一時の約束だったのに、三時すぎてもまだこないわよ！』

正確に言うと、クレームの電話が怖い。

『広告の原稿、頼んだ通りに修正されてないんだけど、どういうこと？』

さらに厳密に言うと、クレームの電話の件数が尋常《じんじょう》でなく……。

『あんたんとこの若いの、打ち合わせの最中に居眠りしやがって。どんな教育してんの？』

……病みそう。

「大変申し訳ありません。担当から折り返し連絡させますので……」

頭をさげて受話器を置き、私はデスクに突っ伏した。

「ゆ、ず、きぃ～！　いい加減にしろ！」

立て続けのクレームは全部、今春新卒で入社した柚木《ゆずき》くんが原因だ。

ポケットから会社支給のスマートフォンを取りだし、彼に電話をかける。数回の呼びだし音のあと、留守電に切りかわった。メッセージをふきこむ。

「柚木さん。佐倉《さくら》です。スポンサー様からクレームの電話がありました。詳細をお伝えしますので、折り返しご連絡ください」

――三十分経過。連絡なし。今度はメール送信。

『柚木さん。大至急、佐倉まで連絡ください』

――二十分経過。連絡なし。ふざけるな。

再度メール送信。

『柚木さん。今から十分以内に連絡がなければ、支店長に報告します』

――直後、スマートフォンから軽快なメロディーが流れだした。ヤツから電話だ。

『あ〜、連絡遅くなってすみません。打ち合わせが長引いてしまって〜』

私は、口まで出かかった罵詈雑言《ばりぞうごん》を呑《の》み下した。

「お疲れ様です。今、三件のクレームが入ってまして」

他の営業さんなら、クレームときいた時点で激しく動揺《どうよう》するのだが、彼は違った。大して感情もみせず、一言。

『ふ〜ん』

ふ〜んって、あんた……。

クレームを受けてからすでに五十分が経過している。時間がたつほど相手の怒りは増すものだ。早く対応しなくてはと、私の方があせっていた。

「一つめは、F病院の奥様で、約束の時間になっても柚木さんがこないと……」

『あぁ～、それ』

彼はあくまで、のんびりと答える。

『奥さんが、自分で五時に変更したんですよ。忘れてるんですかねぇ』

語尾ににじんでいる笑いが気になったものの、ホッとする。

「そうですか。二つめは、E建築工房様からで、広告の原稿が、依頼した通りに直っていないと言ってました」

『ん～、あの人、指示の出し方が雑なんですよ。何度も修正かけてるから、本人もなにがどうなってるのかわからなくなってるみたいで』

「三つめは、割烹《かっぽう》料理店G様で、打ち合わせ中に居眠りしていたって」

『まさか！　見間違いでしょ。そんなことでわざわざ電話してくるかな？　その場で注意すればすむ話なのに。カンジ悪いなぁ』

私は深呼吸した。

「わかりました。とにかく、みなさん大変お怒りですので、柚木さんから直接連絡して誤解を解いてください。電話番号をメールします」

柚木くんが黙りこんだ。不満を表明するための沈黙だ。ややあって、不機嫌な低い声がきこえてきた。

『それって、謝罪しろって意味ですか？　ぼく、悪くないですよ』

私に言われましても……。

「でも、ちゃんと対応しないと、解約になっちゃうかもしれませんよ」

『対応……。どうやって？』

「相手が納得できるように説明すればいいんじゃないですか？」

『具体的には？』

……疲れる。

苛立《いらだ》ちのあまり、口から心の声がもれた。

「さっさと謝っちゃえば？」

『ぼくは悪くな――』

「支店長に相談してください。じゃ」

通話を切り、スマートフォンをデスクに軽く投げだす。

「なんだかな～」

柚木くんの件を差し引いても、この会社——株式会社B社K支店——は、クレームが多い。B社の事業内容は、広告・印刷業。K支店では主にタウン情報誌を発行し、無料配布している。利益は情報誌に広告を掲載してくれるスポンサー様の広告料金から得ている。人命に関わるとか、人生に悪影響を与える職種ではないと思うのだけれど、苦情はあとをたたない。

例えば、スポンサー様からは……、「広告の色合いが思ったより暗い。気に入らないから広告料を割引してくれ」。また、「頼んでいたエリアに情報誌が配布されていないようだ。配布が確認できるまで広告料は払いたくない」。あるいは、「同じページに商売敵《がたき》の広告が掲載されている。不愉快だ。訴えてやる」。さらには、「予想よりも反響が少なく、客足が増えない。返金してくれ」。など。

一般のお客様からは……、「頼んでもいないのに、ポストに情報誌が入っていた。勝手に入れるな」。かと思えば、「向かいの家には情報誌が配られていたのに、ウチにはこない。差別だ」。他には、「情報誌が道端に落ちている。拾いにこい」。まれにあるのが、「紹介されているお店に入ったけれど、おいしくなかった。飲食代を返してほしい」。などなど。

中でも一番多いのは、スポンサー様からの……。

固定電話が鳴り響き、私は受話器を取った。

「お電話ありがとうございます。B社K支店、佐倉でございます」

『広告料金の請求書が届いたんだけど、契約の覚えがなくてね』

きた。K支店、ナンバーワン・クレーム。「契約の覚えがない」。

今回は、年配の男性の声だった。

実は、このクレームが多いのには、理由がある。スポンサー様が契約を交わしてから情報誌の見本が刷《す》りあがるまでに、約一ヶ月かかる。一般配布分ができあがるのは、さらに一ヶ月後。請求書が発行されるのは、配布が完了したあとだ。契約から請求書が届くまで二ヶ月以上のブランクがあるため、契約書のお客様控えはどこかへいってしまい、契約したことを忘れてしまう人が多い。だから、「いったいなんの話?」「もしや振り込め詐欺《さぎ》か?」と疑い、電話してくるのだ。

大半の人は、支店に保管してある契約書の支店控えと情報誌の広告掲載ページをＦＡＸすると、「あぁ、アレね!」と思いだして支払ってくれる。ある意味、慣れているクレームだ。私は、小さく息を吸いこんだ。

「では、こちらで確認させていただきますので、会社のお名前とお電話番号、ＦＡＸ番号を教えていただけますか?」

パソコンに保存されている顧客《こきゃく》データで、いつ、どの地区の情報誌に広告を掲載したか検索できる。それを手がかりに、棚《たな》に保管されている契約書支店控えと過去の情報誌を探し、ＦＡＸすればいい。

『あ〜、会社名はＡプロダクションで……』

メモを取り、ＦＡＸさせてもらう約束をして電話を切る。

顧客データを検索したら、瞬時にヒットした。

（ふんふん。この会社、今回が初めての契約だったのね。発行は十月、Ｍ地区か……）

棚に並んでいる大量のファイルから、十月発行分を抜きだす。インデックスに書かれた地区名を頼りに、Ａプロダクションの契約書支店控えを探す。

「あった」

念のためチェックしたが、会社名、代表者名、住所、電話番号、認印、すべてきちんとうまっている。広告掲載場所、単価、消費税にも間違いはない。少々気になるのは、会社名が社判ではなく手書きになっている点だ。この場合の社判とは、会社の名前や住所が入っているゴム印のことを指す。営業さんが、売り上げ目標達成のため契約書を偽造してしまうケースがあり、できるだけ手書きは避けるようにと本社から指示が出ているのだ。

契約書左下にある、担当者名の欄《らん》を見る。

「母良田《ほろた》代理……なら、大丈夫か」

柚木くんと違って、信頼できる。真面目《まじめ》で、偽造などしないタイプだ。

続いて、ダンボール箱に入れてある過去のタウン情報誌から、Aプロダクションが掲載されているものを探す。すぐに見つかり、こちらも問題なかった。

さっそく先方へ、送付状、契約書の支店控え、情報誌の広告掲載ページをFAXする。届いたか確認の電話をする前に、支店の固定電話が鳴った。

「はい、B社K支店——」

『なんだ、この契約書は！』

いきなり怒鳴り声が響き、耳から受話器を離す。先ほどの、年配の男性の声だ。

『こんなもの書いてないぞ！　オレの字じゃない！』

どうやらFAXは無事に届いたようだが、他はまったく理解できず、私はポカンとした。

「え？」

『契約日が今年の八月三日になってるが、この時、オレは東京の病院に入院してたんだ。契約できるはずないだろ！』

「えぇっ！」

『だいたい、代表者名が間違ってる！』

「は？」

代表者名の欄には、角ばった文字で《浅葉繁好《あさばしげよし》》と書かれている。

『オレの名前は繁好じゃない！　いい加減な仕事しやがって！　金は絶対に払わないからな！　この詐欺《さぎ》野郎！』

受話器を通して支店中に響き渡る怒号に、血の気が引いた。

「す、すみません。至急担当に連絡を取って確認——」

最後まで言い終わらないうちに、ブツンと通話が切れてしまった。


『あぁ、あのスポンサー様！』

柚木くんと違って一発で電話に出た母良田代理は、私の説明をきき、即座に思い出した。

『どこかで偶然情報誌を見かけたらしくて、自分から支店に連絡してきたんだよ。もし、Aプロダクションの近隣で発行することがあれば、連絡してくれ。一番大きな広告出すからって、妙に乗り気で。——でも、いざ初めての発行が決まって訪問してみたら、スタッフの女の子しかいなくて、社長は入院してる。広告用のデータはすぐに渡せるけど、契約書は社長しか書けないと言われて……』

その時点で、母良田代理は契約を取ることを諦めたらしい。しかし後日、入院中の社長から母良田代理のスマートフォンに電話がかかってきたそうだ。スタッフの女の子が社長に報告し、代理が置いていった名刺の電話番号を伝えたらしい。

『どうしても広告を出したいから、契約書をスタッフに預けろと言われたんだ。病院でミーティングする時、もっていってくれるって』

ところが、戻ってきた契約書は、記入もれ、押印もれが多数あり、複写しなければならない箇所《かしょ》が直書きになっていたりしたという。

『ちゃんと見本を添えて、スタッフにも説明したのに……。修正は不可能だったから全部書き直してもらおうとしたら、怒られちゃってね』

「こっちは病人なんだぞ。いらん労力を使わせるな。だいたい、契約書が複雑すぎていけない。オレはもう二度と書かないぞ。スタッフに書かせるのもナシだ。もちろん解約なんてしない」と。

『仕方なく、代筆の許可をもらって、ぼくが書き直したんだ。戻ってきた契約書を見ながら、ね。どうしても必要な認印だけは、スタッフにおしてもらった』

なるほど。それで筆跡が違うのか。日付の件も辻褄《つじつま》があう。――が。

「代表者名が違うのは？」

『そこね……』

母良田代理の声が小さくなる。弱ったように頭をかく姿が目に浮かんだ。

『実は、記入もれだったんだよ。社長の携帯に電話してきいたんだけど、早口できき取れなくて……。繰り返し確認したら怒られちゃってね。うるさい、もうかけてくるな！　で、通話終了』

認印をもらいにいった時スタッフにきけばよかったのに、うっかり忘れてしまったという。事務所に何度か電話したものの、留守電だったらしい。

『あの会社、イベントの企画運営をしてるから、全員現場へ出てしまうことが多いんだよ』

当時、すでに広告の募集期間は過ぎていた。その日のうちに本社へ契約書を送らなければ、情報誌の発行が延期になってしまう。あせった母良田代理は、「こうきこえたかな？」という名前を書いてしまったという。

『すみません』

彼は深いため息をついた。

『やっぱり、記入もれがあった時点で、契約を断ればよかった。でもまさか、そこまでして広告を載せたかったのに、契約したこと自体忘れるなんて……。お客様控えだって、ちゃんと送ったのに』

ケケケと、誰かの笑い声が割りこんできた。

『バカだね～』

「兼田《かねだ》課長？」

二人は今、同じ地区を担当している。範囲が広いので、手分けして回っているのだ。同じ会社を重複して訪問してしまわないように、日に一度は合流して状況を報告しあう。どうやらミーティング中だったらしい。

スマートフォンに顔を寄せたのか、兼田課長の声が大きくなる。

『忘れてないさ。そりゃ、《確信犯》だって。最初から支払う気なんてなかったのよ』

ここでの《確信犯》は、本来とは違う意味で使われている。いざ支払いの段階になった途端、友好的な態度を翻《ひるがえ》し、なにかしら文句をつけて値切ろうとするスポンサー様を、営業さんは《確信犯》と呼ぶ。

『代筆してなけりゃ、別の理由でクレームつけてきただろ。お前は人がいいから、すぐ引っかかる。プロなら契約前に見抜かなきゃ』

うむうっと母良田代理がうなり、改まった口調で言った。

『佐倉さん、本当に申し訳なかったです』

「いえ……」

『契約書の備考にでも、経緯をメモしておけばよかった。前の事務員さんに口頭で事情を伝えたので、それでOKだと思ってしまって。あの社長キツいから、怖かったでしょう』

原因はともかく、まずクレームを出したことを謝り、対応した私をねぎらう……。この姿勢、柚木くん、見習ってほしい。

私は微笑《ほほえ》んだ。

「平気です。それで、記入もれがあったという契約書は、とってありますか？」

それを先方に見せて説明すれば、納得してくれるかもしれない。

『うん。デスクの引きだしに入ってるはず。帰ったら探してみます』

「よければ、私が探して、社長にＦＡＸしますよ」

『え、でも……。大丈夫？』

「クレームは時間勝負ですから。すぐに次の手を打った方がいいと思います。もちろん、これ以上こじらせないように注意します。では、またご連絡しますね」

通話を切り、スマートフォンを握りしめる。最初から支払う気がなかったとしたら、許せない。営業さんが契約を一件取るのに、どれだけ大変か……。それに、年下の女性事務員に謝ってくれた母良田代理の力になりたかった。

(見てろよ、浅葉なにがし！　絶対に支払わせてみせるからな！)

母良田代理のデスクに近寄り、一番上の引きだしを開く。

「げっ」

思わず声がもれた。芯が折れたエンピツ、書き損じの契約書、パンフレット類、破れた原稿、CD—R、名刺、定規、電卓、タオル……なぜか、おしるこの缶（未開封）と食べかけのアンパン。

「なにこれ、小学生の机？　ってか、契約書、どこ？」


「——このような事情で、契約書は担当者が代筆したそうです。代表者名については確認不足で……誠に申し訳ありませんでした。今お名前を教えていただけたら、すぐに修正させていただきます」

私の目の前には、母良田代理の机から三十分かけて《発掘》した記入もれ多数の契約書と、私がパソコンで作成した報告書が並んでいる。

二枚ともAプロダクションにFAXし、現在、浅葉なにがしと交渉中だ。

「なお、代筆した契約書のお客様控えは、八月三日に宅配便で御社に発送しています。宅配伝票を保管してありますが、よろしければＦＡＸしましょうか？」

『いいよ。必要ない』

男性の声は静かだった。いつ怒鳴りだすかとヒヤヒヤしていた私は、ホッと胸をなでおろした。

「納得していただけましたでしょうか。では――」

『じゃあ、こうしようか』

私の言葉は、彼にさえぎられた。

『実はねぇ。請求書、さっき破って燃やしちゃったんだよ』

燃やした……？　破くだけではあきたらず、火をつけた、と？

『だから、再発行して送ってくれ。Ａプロダクションのオレ宛《あて》に。もちろん、正確な氏名《フルネーム》でね。そしたら支払うよ』

「わかりました」

私の背筋が伸びる。母良田代理がきき取れなかったという名前、なんとしても一発でゲットせねば。集中だ！　耳を澄ませろ！　神経を研《と》ぎ澄ませ！

メモ用紙を引き寄せ、ボールペンを握りしめる。

「では、お名前をちょうだいしてもよろしいでしょうか」

『いやいや』

どこか楽しげに浅葉なにがしは言った。

『それはお宅でやってよ』

「は？」

『あんたらで調べろって意味。だって何度も名乗ったのに、きき取れなかったのはそっちの責任でしょ。オレは関係ない』

「でも——」

難癖《なんくせ》つけているとしか思えない。むっとする私に、彼は続けた。

『お嬢さん、オレが大人げなくダダをこねてるだけだと思うかい』

思いますとも！　とは、口が裂けても言えなかった。

『オレは《確信犯》じゃないよ』

「え？」

『スポンサーは大切に。仕事は丁寧《ていねい》に。な？』

一方的に通話が切られ、私は呆然《ぼうぜん》と受話器を眺めた。

（なにこの展開）

こじらせはしなかったものの、面倒なことになってしまった。

しょんぼりして母良田代理に電話をかけると、彼は意外にも大喜びしてくれた。

『すごいですよ、佐倉さん。あの頑固オヤジ相手に、そこまで食い下がるなんて。営業向いてるんじゃないですか?』

「でも、肝心《かんじん》の名前がわからなくて……」

私はパソコンの画面を眺めた。

「今、ウェブサイトでAプロダクションを検索してるんですが、イベント情報ばかりで、代表者名はのってないんです」

検索のキーワードを変えても氏名は出てこない。ウチで発行した情報誌の広告を隅々まで確認してみたが、代表者名は記されていなかった。

「もしかして、実は名刺をもらっていたり……しませんか?」

『さすがのぼくも、名刺があったら間違えないよ』

「ですよね……」

がっかりする私に、母良田代理が力強く言った。

『大丈夫。あのプロダクションの事務所、社長の自宅の敷地内に建ってるんだ。今日、帰りに寄って、自宅の表札を見てくるよ。下の名前が書いてなかったら、スタッフに声かけてきいてみるから』

「そうですか」

よかった。肩から力が抜ける。

『佐倉さん、ありがとう。本当に助かりました。あとはぼくがやるので、事務の仕事に戻ってください。今度、改めてお礼しますね』

この心遣い……柚木くん、マジで見習って！


（今日もきてる……）

翌朝、五時四十分の自転車置き場に、鮮やかな青色の自転車がとまっていた。

隣に自分の自転車――《迅之助《じんのすけ》》――をとめ、カギをかける。乱れた髪を整えながら改札を抜け、ホームへ急ぐ。時刻表の斜め前に、一人の男性が立っていた。

（いた！《青い自転車の君《きみ》》！）

青色の自転車の持ち主だから、《青い自転車の君》。我ながら安直だ。

（はぁ～。今朝もカッコいいなぁ）

やや離れた場所から、さりげなく眺める。グレーのスーツに紺《こん》色のネクタイ。背が高く、足が長い。さらさらの髪に優しい瞳、高い鼻、ほどよく日に焼けた肌……。手には黒いビジネスバッグをさげている。

(仕事はなんだろう。駅まで自転車ってことは、比較的近くに住んでるんだよね?)

指輪ははめていないようだ。独身……一人暮らしだろうか。

(そのわりに、スーツはいつもパリッとしてる)

自分で綺麗《きれい》にしているのか、親がやっているのか。それとも彼女?

(やっぱり、彼女いるよね〜)

もやもやし始めた時、電車がきた。車内はすいていたが、彼は扉のそばに立ち、座ろうとしない。なぜなら、次の駅でおりるから。

(一駅、約四分間の幸せ……)

やがて電車が減速し、扉が開く。去っていく彼の背中を見送り、私は目を閉じた。

(どんな部屋に住んでるのかなぁ。趣味は……サイクリング? この時期なら、お弁当もって紅葉《もみじ》狩りとか?)

青い空、赤く染まった木々、小鳥のさえずり、涼しい風。

辺りに人影はなく、そっと寄り添う二人……。

(いいね〜。最高)

幸福な妄想はしかし、会社に到着し、出勤してきた母良田代理の顔を見るなり吹き飛んだ。彼の顔は、とてもわかりやすく、どんよりと曇っていた。

「あの、母良田代理……？」

「おはよう、佐倉くん。ごめん。ダメだった」

ダメって、なにが？　キョトンとする私に、彼は言った。

「昨日の、浅葉社長の件」

「あぁ！」

忘れてた。だって、あとは自分でやるって言うからさ……。

「自宅の表札を見たんだけど、名字《みょうじ》しか書いてなくて。ちょうどスタッフが事務所から出てきたから、きいてみたんだ。そしたら、社長から口止めされてるって……」

「なんですか、それ！」

そこまでする？　嫌がらせとしか思えない。

母良田代理は、弱々しく笑った。

「まぁ、他のスタッフなら教えてくれるかもしれないから、手土産《てみやげ》でも買って、もう一度いってみるよ。近所の人にもきいてみようかな」

「――」

ぜひ！　と言えなかったのには、わけがある。母良田代理は非常に……ユニークな顔をしている。支店でのあだ名は、《平成の子泣きじじぃ》だ。スポンサー様に頼まれてお店の写真を撮っていただけなのに、「不審人物がいる」と通報されたことがあるという。

（大丈夫かな。まぁ、兼田課長が一緒にいくって言ってたし……。でも、あの二人が並ぶと、妙な……アク……？　みたいなものがにじみでる気がするんだよね。不審感が増すっていうか……）

悪い予感は的中し、昼前に支店の固定電話が鳴った。

「はい、B社K支――」

『ちょっと！　お宅、なんの会社？』

中年女性の声だ。私が答える前に、彼女は言った。

『今、買い物にいこうとして外に出たら、ハハヨシダとかいう男がいきなり名刺差しだしてきて、隣に住んでいる人の名前教えろって……。探偵なの？』

あちゃー。母良田代理、直球で質問したのね。なにか上手《うま》い話をつくればよかったのに
……とはいえ、私も上手い話なんて思いつかないけれど。

「えぇっと、こちらは広告・印刷業の会社です」

『広告と印刷？　本当に？　なんで個人の名前きいてくるのよ。おかしくない？』

「いえ、あの――」

『とにかく、これ以上コソコソかぎ回るのはやめて！　気味が悪い。警察呼ぶわよ！』

ガチャンと勢いよく電話が切れた。

（ヤバい）

放っておいたら、本当に誰かが警察を呼びそうだ。一刻も早く、浅葉宅周辺から母良田代理を撤収《てっしゅう》させなくては。慌てて会社支給のスマートフォンを取りだす。

数コールでつながった。――が、様子がおかしい。ゼイゼイという呼吸。布がこすれるような音……。

「もしもし？　母良田代理？」

『……あ……佐倉く……ちょっとマズいことに……』

ノイズが混じり、かすかに誰かの怒鳴り声がきこえた。

『てめ……、待……！　逃げ……な！』

男性のようだ。

母良田代理が叫んだ。

『違います。ぼくは、泥棒ではなく……！』

『ウソつけ！　……取っただろ！　オレは見たぞ！』

男性の声が大きくなって、私の背中に嫌な汗が流れる。

(この声、もしかして)

『誤解です！　——うわっ』

『成敗《せいばい》！』

二つ声が重なり、ブツっと通話が切れた。母良田代理の身に、いったいなにが起こったのか……。慌ててかけ直してみたが、つながらない。もう一度と指を伸ばした瞬間、呼びだし音が鳴った。兼田課長からの電話だ。

『もしもし、佐倉くん？　母良田のアホなら無事だから』

兼田課長の声は笑いを帯びていた。彼が母良田代理と一緒に出かけたことを思い出す。

つまり、あの現場にいたのだ。

「なにがあったんですか？」

『大したことじゃないよ。まず、スタッフはみんな出払ってて、会えなかった。近所できいてみたんだけど、誰も教えてくれなくて……っていうか、知ってる人がいなかった』

よく考えてみれば、私も実家に住んでいた時、隣人の氏名《フルネーム》など知らなかった。今住んでいるアパートのお隣さんにいたっては、名字すら知らない。

『うろうろしてたら、ちょうど郵便屋さんがきてさ』

まさか……。

『あのバカ、ポストからはみだしてる封筒を引っ張りだそうとして、自宅の二階にいた浅葉社長に見つかっちゃったんだ』

『引っ張ってない！』

母良田代理の声が割りこんでくる。

『触ってもない！　ただ、のぞいただけ。犯罪じゃない！』

『けど、社長はそうは思わなくてさ。手紙を取っただろう。泥棒だって、竹刀《しない》振り回して、追いかけてきて……』

こらえきれないとばかりに、兼田課長が爆笑する。

『ケッサクだった！　お前があんなに速く走れるとは……。まさに転がるように……。佐倉さんにも見せたかったよ。しまいにはコケて――』

私は腰を浮かせた。転んで通話が途切れたのか。

「ケガをされたんですか？」

母良田代理が答えた。

『平気だよ。手のつき方が悪くて、ちょっとひねっただけ』

「念のため、病院にいってください」

『病院なんて、大袈裟《おおげさ》な』

兼田課長は、まだクスクス笑っている。

『こいつは妖怪だぞ。放っときゃ治る』

課長、笑いすぎです。だいたい、母良田代理が追いかけられている間、なにをしていたんでしょう。まさか見物してただけ？

爆笑されても気にならないのか、母良田代理が言った。

『それより、支店に苦情がいかなきゃいいんですけど……』

「――実は、もうきてます。いえ、浅葉社長からではなく」

近所の女性から電話があったと告げると、彼は声をひそめた。

『警察は困るな。今日のところは諦めた方がいいか』

今日のところは？　つまり、明日リベンジするつもり？　どんだけ打たれ強いんですか、あなた。


（他人の名前を知るって、意外に難しいんだなぁ）

朝のホームに立って始発電車を待ちながら、私は腕を組んだ。

（ウェブサイト、ダメ。電話帳、載ってない。名刺、もらえない。誰も教えてくれない……。他に方法ってある？）

お手あげだ。

（名前が書かれた持ち物を拾うとか？　そんな偶然あるはずが――）

ひゅっと強めの風が吹き、直後に男性の声が響いた。

「あ……あ！　すみません！　取って！」

ハッと顔をあげる。白髪の老人が、こちらへ走ってくる。彼の視線は私――の足元に向かっていた。見おろすと、右の足首になにかがへばりついている。反射的に右足をあげたら、それはフワリと線路の方向へ飛んだ。

（紙……？）

手の平サイズのメモ用紙だろうか。老人が、「あぁ！」と悲痛な声をあげる。私は反射的に紙を追いかけ、線路に落ちる直前に拾った。

「ありが――っ！」

気がゆるんだのか、走っていた老人が思い切り前に転んだ。

ビッタン！　と大きな音が響き渡る。見ていた全員が顔をしかめるほどの、見事な転びっぷりだった。そのまま動かなくなる。

「だ、大丈夫ですか！」

私は慌てて老人に近寄り、起こそうとした。重くてピクリともしない。あせって腕を引っ張ろうとしたら、誰かが私の手を止めた。

「無理に引かない方がいいですよ」

「あ――」

一瞬、言葉を失う。

（あああああ、《青い自転車の君》が！　こんな近くに！）

彼は足元にビジネスバッグを置くと、うつ伏せになっている老人の身体《からだ》を横に転がして仰向《あおむ》けにした。

（わぁ）

血こそ出ていないけれど、メガネのフレームが曲がっている。《青い自転車の君》は、慎重に老人の上半身を抱え起こした。

「うう……。すみません」

老人がうめきつつ声を発する。とりあえず意識が戻ってホッとした。

バタバタと駅員が駆けつけてくる。

「どうしました？　トラブルですか？」

「いえ。転んだんです」

いつのまにか、ホームにいた人たちが集まってきていて、みんな《青い自転車の君》の説明に「うんうん」と同意する。ケンカではないと知り、駅員さんは安堵《あんど》したようだった。

「救急車、呼びますか？」

「いえ――」

首を横に振る老人に、《青い自転車の君》が言った。

「病院にいった方がいいでしょう。ご家族に連絡しましょうか？」

「じゃあ、タクシーでいきます。家族……女房は三年前に亡くなって、娘が……いや、必要ない。今、それどころじゃ……」

しゃべりながら、彼はそろそろと手足を動かした。痛みの具合を確認しているようだ。手の平で腕をさすり、膝をさすり、立ちあがりかけて……よろめく。すかさず《青い自転車の君》が腰に手を回し、支えた。

「タクシー乗り場まで送りますよ」

「申し訳ない」

二人でゆっくりと歩いていく。私はホームに残されていた黒いビジネスバッグと、老人が転んだ場所に落ちていた茶色のカバンを手に、あとを追った。

老人は地元の人間で、時間外も受け付けてくれる総合病院を知っていると言った。駅の外に出て、老人がタクシーに乗ったところで、私は茶色のカバンを差しだした。

「これ、あなたのですよね？」

「はい。どうもすみません。——そうだ！　メモは？」

「あ」

握りしめてくしゃくしゃにしてしまった紙を差しだす。老人は笑顔になった。

「よかった。娘の入院先が書いてあったんです。さっき、婿《むこ》さんの実家で急に産気づいたって電話があってね。予定より三週間も早いのに……。通っていたのとは違う病院で出産することになったとか……。知らせをきいて、慌ててしまって。よく考えてみれば、入院先なんて、婿さんの携帯に電話してきけばいいだけなのに。恥ずかしいな。アハハ」

頭をかく老人に、《青い自転車の君》が微笑《ほほえ》んだ。

「いいえ。慌てるのも当然ですよ。初めてのお孫さんですか？」

「ええ。男の子」

「無事に生まれるといいですね。気がはやると思いますが、病院でちゃんとみてもらってください」

「ありがとう。そうするよ」

　バタンと扉が閉まり、タクシーが走りだす。見送って、私は《青い自転車の君》にビジネスバッグを差しだした。

「どうぞ」

「あ！　すみません！」

　彼は急いで受け取った。

「重かったでしょう。ありがとうございました」

「いいえ。こちらこそ、ありがとうございました」

　あのまま変な方向に老人の腕を引っ張っていたら、ひどい怪我《けが》を負わせていたかもしれない。

「いえいえ。大怪我ではなさそうで、よかったですね。――電車は」

　彼は駅の方を向いた。

「いっちゃったか。……時間、大丈夫でしたか？」

「はい」

《青い自転車の君》としゃべっている……。意識すると同時に、心臓がバクバク音をたて始めた。しゃべるだけでなく、一緒に歩いてホームへ戻り、次にきた電車に乗ってしまった。

並んでつり革につかまり、他愛《たわい》ない会話を交わす。「赤ちゃん、無事に生まれるといいですね」とか、「今朝はちょっと冷えますね」とか……。緊張のあまり相手の顔が見られない。さすがに彼は、私がいつも隣に自転車をとめている人間だとは気づいてないようだった。自転車置き場で会ったのは一度だけだから無理もない。

「じゃあ、ぼくはここで」

あっという間に次の駅――《青い自転車の君》がおりる駅――に着き、扉が開く。ホームに立ち、彼がこちら振り返った。白い歯をみせ、爽《さわ》やかに笑う。

「カバン、ありがとうございました。――あと、メモ用紙、ナイスキャッチでしたね」

扉が閉まり、電車が動きだす。一人になった途端、全身の血が顔にかけあがってきた。

（うひゃあぁぁあ！　憧れの《君》としゃべっちゃった！　二人で通勤だよ！　信じられない！　ラッキー！）

心の中で気がすむまで飛び跳ね、万歳《ばんざい》をし、……でも、とわずかに冷静になる。

（名前はわからなかった……）

あの老人が彼に「親切なお方、お礼をしたいので、ぜひ名前を教えてください」と、きいてくれたらよかったのに……。

逆に言えば、これだけの偶然と幸運をもってしても、名字《みょうじ》すらわからなかったのだ。氏名《フルネーム》を知るには、相当な苦労と犠牲《ぎせい》が必要らしい。

母良田代理もそう思ったのかどうか……彼は、その日のジャイア○・リサイタル——否《いな》、朝礼終了間際に突然挙手をし、宣言した。

「——賞金一万円を払います」

「は？」

「営業は気合だ！」という締めのセリフを台無しにされ、不機嫌になっていた川原《かわはら》支店長が目を丸くした。

「ですから」

母良田代理は繰り返した。

「浅葉社長の下の名前を突き止めてくれた人に、賞金一万円を払います」

咳払《せきばら》いし、続ける。

「みんな、もうAプロダクションの件は知ってるでしょう」

デスクの前に座っている五人の営業さんがうなずく。もちろん、川原支店長も。

「本当に困ってるんです。だから、賞金を払うことにしました。ただし、社長を怒らせないように、くれぐれも注意してください」

川原支店長が眉間《みけん》にシワを寄せた。

「賞金払うって、誰が？」

「ぼくが」

てっきり「仕事だろ。ふざけるな！」と怒るかと思いきや、支店長は爆笑した。

「マジ？　名前きいてくるだけで金もらえんの？　楽勝じゃん。一万円、オレがもらった！」

なにを根拠に楽勝だと思ったのだろう。支店長につられたのか、営業さんたちも《乗り気》の表情を浮かべる。母良田代理が念をおした。

「いいですか。絶対に社長を怒らせないでくださいね」

彼の右手首には湿布《しっぷ》がはってある。社長に追いかけられて転んだ時、ひねったのだ。病院にいくほどではないと、自分で市販の湿布を買っていた。みんな、その話もきいているらしく、無言でコクコクとうなずく。

一連のやりとりを見守りながら、私はかなり不安を感じていた。

（大丈夫かな～）

他に方法がないとはいえ、母良田代理もずいぶん思い切ったものだ。すべてがメチャクチャになる可能性が非常に高いような……。

（待てよ。その一万円、私ももらえるの？）

「佐倉くん、ちょっと」

呼ばれて、顔をあげる。朝礼は終わり、みんな外へ出る準備をしていた。窓際の支店長席で、川原支店長が手招きしている。

「なんでしょう」

デスクの前にいくと、彼はパソコンの画面を私に見せた。

「ほら、Ａプロダクションの周りにいくつかバーがあるだろ。いってみようと思うんだ。社長がボトルキープしてたら名前がわかるかもしれないし、店員が知ってるかもしれないだろ？　で、こういう場合の飲食代、経費で落とせるのか――」

「落とせません」

みなまで言わせず、即答する。

席に戻ったら、今度は木村《きむら》主任が話しかけてきた。

「佐倉さん。今度の日曜日、ヒマ？」

彼は、自分のスマートフォンを指さした。

「ウェブサイト見たら、日曜日に、Ａプロダクションが企画してるグルメイベントがあるんだ。よかったら、二人でいかない？　ほら、社長の知り合いがいるかもしれないでしょ。

調査をかねて――」

「いきません」

まったく、どいつもこいつも！


「あれ？」

翌朝、《迅之助》を引いて自転車置き場に入った私は、驚いて足を止めた。

青い自転車が……ない。

置き場所を変えたのかと周囲を見回しても……ない。

（え～。遅刻？　休み？　まさか、出勤時間変えちゃった？）

がっくりと下を向いた時、後ろで声がした。

「やっぱり！　緑の自転車の人！」

「ひゃっ！」

驚いて振り返り、その拍子にハンドルから手をはなしてしまう。ガチャンと音を立てて自転車が横に倒れた。

「わぁ！　ごめん、《迅之助》！」

慌てて屈みこみ、引っ張りあげる。カゴが歪んでいないか確認していると、背後からまた声がした。

「ジンノスケ？　もしかして、自転車の名前？」

「あ――」

一瞬、彼の存在を忘れていた。恐る恐る後ろを見たら、《青い自転車の君》が立っていた。隣には、青い自転車がある。

緊張のあまりかたまっている私に、彼は再度問いかけてきた。

「自転車に、名前つけてるんですか？」

バレた。

(友達にも話してなかったのに！　絶対、子どもみたいだって思われた！)

案《あん》の定《じょう》、《青い自転車の君》は、愉快そうに「あはは」と笑った。

「マジですか！　信じられない！」

そんなに笑わなくても……。

恥ずかしくて、顔が真っ赤になる。私の表情に気づき、彼は慌てて片手をあげた。

「あ！　すみません！　違うんです。そういう意味じゃなくて」

激しく手を横に振り、人差し指を自分に向ける。

「ぼくもです!」

「?」

「ぼくも、自転車に名前つけてるんですよ。コイツ、《青山《あおやま》くん》。青いから」

はい?

サドルをなでる彼に、私は思わずふきだしてしまった。

「なんで名字……!」

「え〜。ダメですか?」

彼はいつもの位置に《青山くん》をとめた。私が隣に《迅之助》をとめると、改まった様子で頭をさげてくる。

「突然笑ったりして、すみませんでした。仲間だと思ったら嬉しくて、つい」

「いえ、大丈夫です」

《仲間》という言葉に、胸が高鳴る。

後輪に設置されたリアサイドバッグから荷物を取りだしながら、彼が言った。

「昨日、ホームで会った時、どこかで見た人だなと思ったんですよ。……で、ここですれ違った緑の自転車の持ち主じゃないか、と」

今朝はたまたま家を出るのが遅くなり、先に着いた私と《迅之助》を見つけて声をかけたらしい。

「自転車の色まで……よく覚えてましたね」

「綺麗《きれい》だったから。それに、一度見た人の顔や名前は忘れないように、日頃から訓練してるんです」

訓練？

「警察の方ですか？」

「いえ、違います。上司の教えで……相手の顔と名前を覚えるのは、人間関係の最初の一歩だから、それができないとなにも始まらないって」

彼が駅へ向かって歩きだし、私も隣に並んだ。

「その上司、萩田《はぎた》っていう名前なんですけど、ぼく、入社当時に間違って《荻田《おぎた》さんへ》ってメモを書いちゃったんです。似てませんか、《萩》と《荻》」

漢字を思い浮かべ、私はうなずいた。彼が早足で改札を抜ける。

「すごく怒られて、以来、目をつけられてしまって……。顧客の名前をちゃんと書けるか、今でも時々抜き打ちテストされるんです」

「えぇえ。大変ですね～」

私は小走りで続く。電車の到着時刻が迫っている。自転車置き場で話しこんでいたせいで、ギリギリになってしまった。

「でもほら、名前間違われたら、誰だって嫌じゃないですか。逆に、一度会っただけなのに覚えてもらってたら嬉しいし」

私も嬉しかったから、実感をこめて「うんうん」と首を縦に振る。同時に、浅葉社長の件を思い出した。

「そっか。名前って重要なんですね。……大人げないと思ったけど、怒って当然なのかな」

「え？」

ホームに出たところでタイミングよく電車がやってきた。乗りこんでから、彼が尋《たず》ねてきた。

「なにかあったんですか？」

「実は――」

次の駅まで約四分しかない。個人情報をもらさないように注意しつつ、ざっと今回の件を説明すると、彼は目を丸くした。

「へぇ～。そこまで怒るなんて、珍しいなぁ。間違えたのは理由があって、ちゃんと説明したんでしょう？」

「はい。みんなは、支払いたくなくてゴネてるだけなんじゃないかって」

「う〜ん」

彼は数秒考え、ブツブツとつぶやいた。

「……代表者名は、法務局に会社の登記事項証明書を申請すればわかると思うけど……、なんか引っかかるなぁ……。どうしてそんなに怒ったんだろう。単純に支払いたくないだけなのか、それとも……」

上手くきき取れなくて、私は首をかしげた。

「あの……？」

「すみません。他に原因があるのかなって」

「原因？」

「ぼくの上司が怒ったのは、当然書けなければならない名前を間違えたからで……。その人もそう思ったのかも」

「？」

「つまり、『自分の名前は覚えてもらっていて当然』。……以前にも利用しているお客様じゃないですか？」

でも、顧客データによると、今回が初めての契約だったはずだ。

（ん？　ちょっと待って）

思い出した。彼は、「オレは《確信犯》じゃないよ」と言っていた。他に、「スポンサーは大切に」とも。《確信犯》も、《スポンサー》も、社内で使う言葉だ。

（なぜ知ってるんだろう）

電車が減速し、彼がおりる駅に着いた。

「じゃ、ぼくはここで」

「ありがとうございました。調べてみます」

扉が開き、彼はいきかけて立ち止まった。

「そうだ。ちなみにぼくの氏名《フルネーム》はハヤシトモヤといいます。木が二本の林に、友だち也《なり》で友也」

「わ、私は、佐倉夏実《なつみ》です！」

ホームに出ていく彼の背中に叫ぶ。とっさに漢字の説明ができない。おまけに、裏返った声が車内に響き渡ってしまった。

乗客の視線を浴び、身を縮めつつも私はガッツポーズをした。

（やった、名前ゲット！　ありがとう、浅葉なにがし！）

『なるほど、それで昔の顧客データを入手したいと……』

北陸地方にあるI支店の事務員、月岡《つきおか》さんに相談の電話をかけると、彼女は心から私に同情してくれた。

『佐倉さん、大変だねぇ。そこまでやってるの？　私だったら放置だよ』

「あはは……。乗りかかった船といいますか……」

賞金の件は伏せておく。実際、さほどほしいとは思っていなかった。

「確認してみたら、顧客データって、過去十年分しか保存されてないですよね」

現在使用しているデータベースに切り替わったのが十年前なのだ。それ以前に契約のあったスポンサー様は登録されていない。

一番長くK支店にいるのは兼田課長で、勤続約二十年。しかし、彼は浅葉社長を知らなかった。つまり、もし契約があったとしたら、さらに昔ということになる。

「どこかに残ってないですかねぇ、二十年以上前のデータ」

意外にも、月岡さんはあっさりと答えた。

『データは難しいけど……、二十年以上前にK支店にいた人なら知ってるよ』

ちにいたんじゃないかな？』

「誰ですか？」

『飛田《とびた》部長』

「えっ！」

思いがけない名前が出てきた。

『部長、K支店出身なんだよ。高卒で入社して今五十代だから、三十年くらい前にはそっちにいたんじゃないかな？』

彼女はあっけらかんと続けた。

『ちょうどウチの支店にいるから、かわるね』

「えええっ」

止める間もなく足音とノックの音がきこえ……やがて穏やかな声が響いてきた。

『佐倉くん？　どうした？』

「あ、あの、お疲れさまです！」

突然のことに上手《うま》く説明できるか不安だったけれど、悩む必要はなかった。Aプロダクションときくなり、部長は『あぁ！』と嬉しそうに叫んだ。

『懐かしいなぁ。私が初めて契約を取った会社だよ。あのオヤジさん、まだ現役《げんえき》なの？　すごいな』

私は首をかしげた。

「契約を……？　以前、あの地区で情報誌をつくったことがあるんですか？」

今回が初めての発行だときいていたが……。

『いや。昔は回覧板をつくってたんだよ』

回覧板？　町内で連絡文書を回す時に使うアレですか？

『何度も原稿のやり直しをさせられて、大変だったよ。注文が多くて、すぐ怒鳴るし……。

でも、最後には飲みに連れていってくれて、面倒見のいい人だった。自分なりに頼りない新人を育てようとしてくれてたのかもしれないなぁ。《仕事は丁寧《ていねい》に》が口癖《くちぐせ》だった』

そのセリフ、私もききました。

飲みにいくほど交流していたら、《確信犯》や《スポンサー》という言葉を社長が耳にする機会があったかもしれない。入院中にもかかわらず熱心に広告を出したがったのは、飛田部長のことを覚えていて、懐かしくなったから……だろうか。

そこまで考えて、私は我に返った。

「部長。浅葉社長の下の名前、ご存知ではないですか？」

『え、下の名前……？』

急に飛田部長の歯切れが悪くなる。

『う〜ん。社長とか、オヤジさんって呼んでたからなぁ……』

肝心《かんじん》な部分は思い出せなかったものの、有力な情報を得た。お礼を言って電話を切ると、私はさっそく次の行動に出た。

「──さて」

K支店から徒歩十五分の場所にある貸し倉庫の扉を開け、腕まくりする。

「やりますか!」

八畳《じょう》ほどの四角い部屋には、書類がつまったダンボール箱が山積みになっていた。他に、余ったタウン情報誌や壊れたパソコン、さびた自転車などが無造作《むぞうさ》に放りこまれている。

「軍手《ぐんて》もってきて正解だった」

捜索すること約三十分。飛田部長が入社した年に発行された回覧板の見本を発見した。ダンボール箱の中に、その年発行されたあらゆる地区の回覧板が、発行月ごとにヒモで縛《しば》ってておさめられている。ヒモを解き、一冊ずつ広告を確認していく。回覧板の広告は最大でも十二枠《わく》しかないので、すべて見るのにそう時間はかからなかった。

「あった!」

六月発行の回覧板に、Aプロダクションの広告が掲載されていた。代表者名は記されていない。しかし、幸運なことに、同じ箱に契約書支店控えの束が入っていた。複写の文字が薄くなっている紙を、慎重にめくる。

確か、母良田代理は《繁好《しげよし》》と書いていたはずだ。本当はどんな名前なのか……。

「拝、見！」

目をこらし、呆然《ぼうぜん》とつぶやく。

「母良田代理……なにがどうなったらこれが《繁好》に……？」


Aプロダクション　代表取締役社長　浅葉一《はじめ》様
拝啓　貴社ますますご清祥《せいしょう》のこととお慶《よろこ》び申しあげます。

この度《たび》は、弊社《へいしゃ》発行のタウン情報誌に広告をご掲載いただき、誠にありがとうございました。契約書のお名前に誤りがあった点につきまして、深くお詫《わ》び申しあげます。

請求書を再発行させていただきましたので、ご確認ください。

また、三十年前に発行した回覧板にも広告をご掲載いただき、ありがとうございました。

当時担当させていただきました飛田は、現在部長に就任し、鋭意専心業務に尽力しております。

今後とも変わらぬご厚誼《こうぎ》を賜《たまわ》りますよう、お願い申しあげます。

敬具

株式会社B社K支店　担当：母良田宏太郎《こうたろう》　送付：佐倉夏実

『あぁ、佐倉さん、かな？　Aプロダクションの浅葉一です。請求書、届いたよ。さっき指定口座にお金を振り込んでおいた』

受話器の向こうからきこえる穏やかな声に、私は軽く頭をさげた。

「ありがとうございます」

彼は、小さく笑ったようだった。

『会ったことはないが、君はいい声をしているな。仕事ぶりも丁寧《ていねい》で、悪くない。もし職を失うようなことがあれば、ウチへおいで。イベントの司会をやるといい。――では、飛田部長によろしく』

私はそっと受話器を置いた。

（一件落着）

窓の外は、雲ひとつない青空だった。

第三章

働かないものは去れ

「佐倉《さくら》くん、ちょっと」

川原《かわはら》支店長に名前を呼ばれた瞬間、なんとなく嫌な予感がした。

十二月一日、時刻は八時五十分。奇跡的にジャイア◯・リサイタル――否《いな》、朝礼が一時間以内で終わり、営業さんたちは出かける準備をしている。営業さんが担当する地区は、通常一ヶ月ごとにかわる。今日から新たな地区での営業が始まるのだ。室内には、かすかに緊張感が漂っていた。

「なんでしょう」

窓辺の支店長席まで歩いていくと、そこには柚木《ゆずき》くんが立っていた。川原支店長が彼を指さす。

「今月は、こいつを原稿係にする」

「は？」

川原支店長は顔をしかめた。

「柚木の野郎、三ヶ月も続けて赤出しやがったんだよ。このままだと、地区を潰しかねん」

《赤》とは、売り上げが目標に届かず、赤字を出すこと。《地区を潰す》は、赤字がひどすぎて、タウン情報誌の発行が中止になることをいう。

発行中止になると、本社は「この地区では売り上げがみこめない」と判断し、二度と発行を許可しなくなる。すると支店長は、潰れた分を補《おぎな》うため、新たな地区を開拓しなければならなくなるのだ。

「今月はもう、こいつには営業をさせないことにした。かわりに、原稿を担当してもらう」

広告の原稿は、契約を取った営業さんが作成する。——といっても、自分でつくるわけではなく、スポンサー様の要望をきいて原稿依頼書を記入し、預かってきたデータと一緒に、本社の原稿製作部に送るだけだ。送る作業は私が行っているし、できあがった広告をスポンサー様に郵送するのも、私がやっている。

(要するに、私の仕事が楽になるんだ。ラッキー!)

最初に感じた嫌な予感は、気のせいだったに違いない。

川原支店長は顎《あご》で柚木くんを示した。

「細かいこと、色々教えてやってくれ」

「はい!」

私は「よろしくお願いします」という気持ちをこめて、柚木くんに会釈《えしやく》した。——が、彼は黙っていている。

「いいか、柚木！」

川原支店長がデスクに両手をつき、身を乗りだした。

「営業が営業から外されるなんて、致命的だぞ！　ものすごく恥ずかしいことなんだ！　悔しがれよ！」

自分の靴《くつ》の爪先《つまさき》を眺めていた柚木くんが、のろのろと顔をあげた。

「――はぁ」

相変わらず覇気《はき》のない声に、川原支店長の左頬が痙攣《けいれん》する。

「なにが『はぁ』だ！　『はい』だろ、『はい』！　しゃきっとせんか！」

窓ガラスがビリビリ震えそうなほどの怒号に、さすがの柚木くんも背筋を伸ばした。

「はいッ！」

やればできるのだから、最初からやってほしい。

「よし、席に戻れ」

小走りに去っていく彼の背中を見送り、支店長はどさりとイスに腰かけた。

「なんだかなぁ。最近の若い子は、よくわからん」

グチるような口調で続ける。

「今年は新卒四人入れて、残ったのアイツだけなんだよ。残ってくれてるのは嬉しいんだけど、いまだに挨拶《あいさつ》すらまともにできないときた。兼田《かねだ》課長から一之瀬《いちのせ》まで、順番に教育係につけてみたんだが、イマイチ……。本社からは、これ以上辞めさせるなって言われてるし……。だから頼むな、佐倉くん」

頼むって、なにを？

首をかしげる私に、川原支店長が指を立てた。

「あいつを、上手《うま》く教育してくれ」

——そんな簡単に、無理難題をふっかけないでください。

「じゃ、知ってると思うけど、改めて作業の流れを説明するね」

支店長及び営業さんが出ていくと、私は柚木くんのデスクの隣に立った。

「まず、営業さんはスポンサー様と契約を交わし、その後、改めて打ち合わせをして、原稿依頼書を作成する。原稿依頼書は、知ってるよね？」

真ん中に、広告と同じサイズの枠《わく》がプリントされたＡ４用紙だ。どこにどんな写真を入れるか、フォントのサイズや色をどうするかなど、自由に書きこめるようになっている。

「営業さんが作成した原稿依頼書を、私がスキャナで取りこんで、本社の原稿製作部へメールで送る」

写真やロゴデータがあれば、一緒に送信する。

「二、三日したら、原稿製作部から校正用紙が返信されてくる。あ、校正用紙もわかるよね？」

こちらもA4サイズで、真ん中に、原稿依頼書通りに作成された広告がある。

「データで届くから、支店でプリントアウトして、スポンサー様へ送る。――郵送だったり、手渡しだったり、メールだったり、相手の要望に従ってね」

すると、受け取ったスポンサー様から、「気に入らないから修正してほしい」あるいは「これでOKなので校了する」と返事がくる。

「修正の場合は、校正用紙の余白に修正内容を書いてFAXしてもらう。実際に会って相談したいと言われたら、営業さんに連絡して、打ち合わせにいってもらう」

そして、修正内容が書かれた校正用紙をスキャナで取りこんで、再び原稿製作部へメール送信。後日、修正された校正用紙が戻ってきて……と、繰り返すのだ。

「校了したら、校正用紙の右下にある校了印欄に校了日を記入して、スポンサー様の社判をおしてもらうか、代表者に直筆でサインしてもらう」

ここでの社判とは、会社名や住所などが入っているゴム印のことをいう。

「校了印は大切だから、必ずもらってね。口頭でのやりとりは絶対にダメ」

「校了した」、「していない」で、クレームになる可能性が大きいのだ。

「締め切りにも注意しないと……。今月の締め切りは十二月十日。年末のせいで、ちょっと早め」

原稿製作部が指定した締め切りまでにすべての広告を校了しなければ、タウン情報誌の発行が一ヶ月遅れてしまう。原稿製作部は、全支店のあらゆる原稿を手がけているので、常にスケジュールがつまっていて、融通《ゆうずう》が利《き》かない。たった一件の校了が半日遅れただけで、「もう別の支店の原稿に取りかかっているから、お宅の相手はできないよ」「来月まで待って」と言われてしまう。

「私は、地区ごとにエクセルで進行表をつくって管理してるの」

そこに、各スポンサー様の契約日、原稿依頼書の送信日、校正用紙の受信日、校正用紙をスポンサー様に送った日、校了日を入力している。

まめに進行表をチェックし、もしスポンサー様から修正や校了の連絡がない場合は、こちらからおうかがいの電話をかける。原稿製作部から校正用紙が届いていなければ、なにが原因で遅れているのか問い合わせる。営業さんが契約だけ交わして原稿依頼書を出していなければ、早くしろとせっつく。

「あと重要なのは、修正の回数！　基本、三回まで。四回以上だと、製作費がかかりすぎて赤字になっちゃうんだって」

本社で毎月修正回数が集計され、全支店のランキングがつくられているのだ。

「ウチは、前月七十二件の広告を作成して、四回以上の修正が出たのは二件だけ。優良支店として社内報に載ったんだよ。今月も頑張ろうね！」

「……」

無反応。

ここまであえて突っこまなかったけど、説明の間中、彼はずっと無言だった。メモをとることもなければ、うなずきもしない。

（すでに知っている内容とはいえ……相槌《あいづち》くらい打ってよ）

話しづらい。

ため息をこらえ、私は無理矢理笑顔をつくった。

「じゃ、さっそく校正用紙のチェックをお願いします。原稿依頼書の通りに仕上がっているか、確認してください」

たまに、肝心《かんじん》の会社名を間違えていたりするので、スポンサー様へ送る前に見るようにしている。でないとクレームがきてしまう。

「……べつに、いいっスけど……」

ようやく柚木くんが反応した。と思いきや。

「ぼく、兼田課長から、十時にT建築事務所へ原稿の打ち合わせにいけって言われてて……。大丈夫ですか」

「ええっ！」

大丈夫じゃない！　そういうことは、早く言え！

「打ち合わせを優先してください！　間に合いますか？」

時計の針は九時三十分を示している。

「はぁ、多分。車で十五分くらい……かな」

「すぐいって！　駆け足！」

のそのそと出ていく柚木くんを見送り、私は今度こそ盛大にため息をついた。

（疲れる……）

「新人さんの教育、ですか……」

《青い自転車の君《きみ》》こと林友也《はやしともや》さんが、上を向いた。

始発電車の中はすいていて、立っているのは私たちだけだ。前回の件で彼と親しくなり、途中まで一緒に通勤するようになったのだ。

背が高く、痩《や》せぎみで、意外に大きな手。さらさらの髪に高い鼻、優しそうな目、形のよい唇からもれる、穏やかな声……。

（癒《いや》される〜）

うっとり眺めていると、林さんは、苦虫《にがむし》をかみつぶしたような表情になった。

「ぼくも以前、教育係になったことがあるんですけど、なにか頼むたびに、『それって、私の仕事ですか？』『私にしかできないことですか？』って質問されて、参ったなぁ」

眉《まゆ》がさがった困り顔も、かっこいい。

見とれそうになり、私は慌てて背筋を伸ばした。

「……大変でしたね」

面倒な新人というのは、どこにでもいるものなのだろうか。

「彼女、遅刻が多くて……、車通勤だったんですよ。最初は、『雨で道が混んでいた』、

『事故があったみたいで』、なんて言い訳してたんですけど、だんだんネタがつきてきたのか、『時間通りに着いたのに、駐車場に上手《うま》くとめられなくて』とか、『バックミラーにかけていたお守りがどこかにいっちゃって、不安で車を出せなかった』とか、しまいには――」

彼は衝撃の一言を告げた。

「『車道にカメがいて、怖くて止まってしまいました』って」

「――」

あんぐりと口をあける私に、彼は苦笑した。

「さすがにぼくもあきれて、『あ、そう』って、スルーしちゃったんです。その日は出かける予定があって、急いでたし……。そしたら、上司にめちゃくちゃ怒られて」

「え、林さんが、ですか?」

「そうです。『面倒でもちゃんと叱《しか》れ!』って。――で、教育係を外されて、その後、彼女は辞めてしまいました」

彼はいったん口をつぐみ、ためらいがちに言った。

「なんというか……」

電車がとまり、扉が開いた。会話に集中していたせいで、車内アナウンスにも気づかなかった。林さんが慌ててホームへおりる。

「すみません。変なところで終わってしまって」

「いえ。いってらっしゃい」

営業さんを見送る時と同じセリフが口をついて出た。言ってしまってから、急に恥ずかしくなる。

「あ、えっと……」

林さんは、白い歯を見せて爽《さわ》やかに微笑《ほほえ》んだ。

「佐倉さんも、いってらっしゃい」

ドアが閉まる。電車がホームから離れるなり、私は近くの席に座りこんだ。彼の笑顔に心臓を射貫《いぬ》かれて、とても立ってなどいられない。

(「いってらっしゃい」だって！　キャー！)


驚いたことに、柚木くんはその後なんの問題もなく仕事をこなし、十二月十日の締め切りにすべての原稿を間に合わせた。

(問題ないどころか、けっこう……いや、かなり優秀かも)

改めて進行表を見直し、私はうなった。

柚木くんが校正用紙をスポンサー様へ手渡ししてくれたおかげで、修正や校了がすぐ出るようになったのだ。郵送では、忙しくて開封されないまま、忘れられてしまうケースが多かった。

（修正回数も、四回以上がゼロ件って……すごい！）

昨日――十五日に、刷《す》りあがってきた情報誌の見本を、柚木くんと二人でスポンサー様へ発送した。いつもは一人で宛名《あてな》シールとお礼状をつくり、封詰めしている。丸一日かかる作業だから、手伝ってもらえてよかった。

（これだけ頑張ったんだから、来月は営業に戻れるよね。――ん？）

デスクのすみになにかが置かれた。CD―Rだ。題名などは書かれていない。置いた主――柚木くんは、背を向けてどこかへいこうとしていた。

「柚木さん、これは？」

「あ……。もういらないんで、大丈夫です」

はいはい。捨てろって意味ね。こういうところはかわらない。

CD―Rは、何枚かたまってからハサミで切れこみを入れ、データを見られないようにした上で破棄《はき》している。とりあえず棚《たな》に置いていると、柚木くんが営業カバンを手に支店の扉を開けた。

「原稿の打ち合わせ、いってきます」

「いってらっしゃい」

原稿作成にはきりがなく、現在営業中の地区の原稿が、続々と入ってきている。次の締め切りは一月十四日。

（うわ、新年だよ。あっという間だなぁ）

唐突《とうとつ》に固定電話が鳴り響き、私は受話器を取った。

「はい。B社K支店、佐倉でございます」

『ちょっと、どうなってるの？』

久し振りにきく、とがった声。クレームだと直感する。

「あの……」

『さっき情報誌の見本が届いたんだけど、ＯＫを出してない広告がそのまま載ってるのよ。なにこれ。説明してくれる？』

血の気が引いた。つい謝りたくなるが、こういう場合は、事実確認をする前に謝罪してはいけないと言われている。

「大至急確認させていただきますので、会社のお名前とお電話番号を教えてください」

『T建築事務所。電話番号は——』

間違いがないように、しっかりとメモを取る。

「かしこまりました。確認次第、折り返しご連絡いたします」

『急いでよね。あ、電話はタカハシレイコ宛《あ》てにお願い』

「承知いたしました」

電話を切り、慌てて昨日発送したばかりの見本を手に取る。さらに、棚から原稿依頼書と校正用紙を探しだした。クレームに備え、やりとりした書類は全部保管してある。

T建築事務所は、十一月十日に兼田課長が契約し、十二日に原稿依頼書を作成していた。途中——十二月一日から柚木くんが引き継ぎ、計三回修正。三回とも、直接会ってやり取りしたようだ。用紙の余白に、打ち合わせ日時と相手の氏名——高橋麗子《たかはしれいこ》様——が書かれていた。校了は十二月七日。校了印欄《らん》には、きちんと社判をおしてもらっているし、校正用紙と見本の広告は一致している。

(問題ないんだけど……。どういうことだろう?)

私は会社支給のスマートフォンを取りだした。

『もしもし』

珍しく、柚木くんは一発で電話に出た。

「佐倉です。今、T建築事務所の高橋様からお電話がありまして――」

事情を伝えると、彼は小さく鼻を鳴らした。こういうところも、かわらない。

『べつにトラブルはなかったですよ。OK出したの、忘れちゃったんじゃないですか？　校了した校正用紙、先方へFAXしてもらえませんか？』

「わかりました」

通話を切り、T建築事務所へ電話をかける。高橋麗子さん、本人が出た。

『遅かったじゃない』

カリカリした口調だ。刺激しないように、穏やかな声で切りだす。

「申し訳ありません。担当に連絡を取って確認しておりまして……。あの、お客様の校了印をいただいた用紙がこちらにありますので、FAXさせていただいてもよろしいでしょうか？」

『うっそ！』

彼女も、柚木くん同様に鼻を鳴らした。

『ないない、そんなもの、あるわけないでしょ。私、印なんかおしてないもん、絶対』

「……」

なんとなく、嫌な予感がした。

ここまで自信たっぷりというのは、珍しい。

『途中で担当がかわったんだけど、新しい子、態度悪くてイヤな感じだったんだよね。最後に打ち合わせにきた時、いくつか注文出したら、顔しかめてさ。修正は三回までとかブツブツ言うだけで、メモもとらないし。その後プッツリ連絡途絶えて、大丈夫かなって思っていたら、いきなり見本が届いたんだよ。慌てて確認したら案《あん》の定《じょう》、全然直ってないの』

「あの、とにかく……」

わけがわからないまま、私はかすれぎみの声を発した。

「校正用紙をＦＡＸしますので、ご確認いただけますでしょうか?」

『そりゃ、いいけどさ』

彼女はキッパリと言った。

『うそに決まってるよ。私、おしてないから』


謎は、すぐに解けた。

支店に戻ってきた柚木くんが、当日の記憶を掘り起こしたのだ。

「思いだしました。ぼく、校了印は麗子さんじゃなくて、社長にもらったんです」

T建築事務所は家族経営で、麗子さんは社長の一人娘らしい。経理を担当し、忙しい父親にかわって彼女が原稿の打ち合わせをしていた。

「あの日、麗子さんは出かけていて、約束の時間になっても戻ってこなかったんです。ぼくが待っていたら、偶然通りかかった社長が校正用紙を見て、『これでいいよ』ってポンとおしてくれたんです。社長だったから、いいかなと思って」

さらに、「全然直ってない」というのは麗子さんの勘違いだと彼は主張した。

「ものすごく修正が多かったから、混乱してるんじゃないですか。ぼくはちゃんと直しました」

「そうか」

珍しく早めに支店へ戻ってきていた川原支店長が、柚木くんの説明にうなずく。彼は、自主的に早く帰ってきたわけではない。昨日本社に送信した営業日報に誤りがあり、飛田《とびた》部長に「今すぐ修正して再送信しろ！」と怒られたのだ。

（まぁ、でも、そういうことならよかった）

隣できいていた私は、ホッと胸をなでおろした。麗子さんが「印なんかおしてない」と言い張っていた点も、辻褄《つじつま》があう。

支店長がボールペンを振った。

「じゃ、柚木はすぐにT建築事務所へ電話しろ。娘さんから社長に直接きいてもらえば、一発で納得だろ」

「え……ぼくが？」

柚木くんの頬が引きつった——ように見えた。

「他に誰がいるよ？」

川原支店長の問いに、彼がちらっとこちらへ視線を向ける。

（まさか、私にやれと？）

目に力をこめて見返すと、柚木くんはうつむいた。

「わかりました」

（勝った）

彼と私は、それぞれ自分の席に戻った。柚木くんは、名刺入れから一枚……おそらくT建築事務所の名刺を取りだし、先方へ電話をかける——と思いきや、自分のスマートフォンを手に、廊下《ろうか》へ出ていってしまった。

（外で電話？）

川原支店長は、書類を直すのに夢中で気づかない。

（固定電話を使えば、通話料かからないのに）

役職がついていない柚木くんには、会社のスマートフォンが支給されず、通話料も自分もちとなる。そういう人は、たいてい支店の固定電話を使うのだが……。

（他人に見られていると、緊張するのかも……）

そういえば、彼が電話をかけているところを見たことがない。

自分の仕事をしていると、やがて柚木くんが戻ってきた。

「ど……」

どうでした？　と尋ねようとした矢先、固定電話が鳴った。反射的に受話器を取る。

「お電話ありがとうございます。B社K支店、佐倉でございます」

『ちょっと、意味わかんないんだけど！』

とがった声。高橋麗子さんだ。

「あの……？」

『今、ユズ……とかいう子から電話がかかってきて、いきなり、校了印は社長さんからいただきました。とだけ言って、一方的に切れたのよ。もしかして、あの広告の件かと思ってパパ……社長にきいたら、知らないってさ！　どういうこと？　説明、雑すぎ』

「申し訳ありません」

これは謝るしかない。柚木くんの席を見ると……いない。とっさに戸口へ目をやる。ちょうど彼が廊下へ出ていくところだった。

（おいおい！）

慌てて片手で受話器をふさぎ、「柚木さん！」と叫んだが、扉がパタンと閉まっただけで、彼は戻ってこなかった。

『もしもし？』

受話器の向こうから、不機嫌な声が響いてくる。

「失礼しました。担当からもう一度ご連絡を――」

『ダメ！』

鋭く、彼女がさえぎった。

『電話じゃラチがあかない。明日、朝九時に事務所へきて。その時間ならパ……社長もいるから。そこで、ちゃんと説明してよね！』

「――承知いたしました」

翌朝、柚木くんは朝礼を途中で退席してT建築事務所へ出かけた——はずだった。

九時三十分。支店の固定電話が鳴った。

なんとなく嫌な予感を覚えつつ、私は受話器を取った。

「はい、B社K支店、佐倉でございます」

『T建築事務所の高橋ですけど』

相手の声はますますとがり、苛立《いらだ》ちと疲れがにじんでいた。

『ねぇ、柚木とかいう人、まだこないんだけど。あんたら、ウチをバカにしてんの?』

「え?」

彼なら、八時三十分に支店を出た。全員が見ている。

(道に迷った? いや、以前打ち合わせしにいってるよね? じゃあ、事故?)

さっと背筋が寒くなる。

「申し訳ありません。柚木は八時半に支店を出ておりまして……。途中でなにかあったのかもしれません。至急確認して、折り返しご連絡いたします」

《なにか》ときき、彼女も事故を連想したのかもしれない。とがっていた声が、少しだけ丸くなった。

『今日はもう、こなくていいよ。社長はこれから外出するから。遅刻の原因がわかったら電話して』

　謝罪し、受話器を置く。支店には、川原支店長と兼田課長がまだ残っていた。私は二人に言った。

「柚木さん、T建築事務所に着いてないそうです」

「はぁ？　なにやってんだ」

川原支店長が顔をしかめ、兼田課長が会社支給のスマートフォンを取りだした。

「――ダメだ。柚木のヤツ、電話に出ない。留守電にもなってないな。電源切ってるのか？」

「事故じゃねぇだろうな」

　舌打ちし、川原支店長がパソコンの電源を入れる。交通事故の情報がないか、確認するためだろう。その間に課長は柚木くんにメールを送り、さらに誰かに電話をかけた。

「あ、一之瀬？　お前、今どこ？　――あぁ、ちょうどよかった。T建築事務所の周辺、ちょっと回ってみてくれ。住所メールする。柚木のアホが、迷子か事故か……、到着してないんだよ」

　通話を切り、支店長と私に報告する。

「一之瀬が近くにいるから、様子を見にいってもらうように頼んだ。会社名入りの営業車に乗ってるし、トラブルがあれば、すぐにわかるだろ」

川原支店長が、イスの背にもたれかかった。

「事故の情報は出てないみたいだ。——まったく、アイツは」

貧乏《びんぼう》ゆすりをして、勢いよく立ちあがる。

「オレもちょっといってみるわ。課長は営業頼むな。新規一件、よろしく！」

「うぃっす」

二人とも慌《あわた》だしく出かける準備をする。廊下へ続く扉を開け、支店長が振り返った。

「佐倉くん。なにかあれば連絡するから」

「はい！　お願いします！」

「心配いらないよ。子どもじゃないんだから」

兼田課長がケケケと笑う。

「どうせ、どっかで車とめて、寝てるんだろ」

しかし二十時をすぎても、柚木くんと連絡を取ることはできなかった。

電話はつながらず、メールの返信もない。支店長の指示で、私は十時と十六時に柚木くんの自宅に電話をした。彼は実家で母親と二人暮らしをしている。二回とも母親が出て、『戻っていないし、連絡もない』と言われた。交通事故の情報はない。

「なにやってんだ、アイツは！」

一日中T建築事務所と柚木家周辺を捜索していた支店長は、帰ってくるなりゴミ箱を蹴《け》飛《と》ばした。他の営業さんたちもすでに戻ってきており、そわそわと落ち着かない様子だった。私も気になって帰れず、残業している。

「警察に届けるか……？」

兼田課長がぽつりとつぶやく。室内に緊張が走った。

「その前に、飛田部長に相談しないと」

川原支店長が首筋をかく。すでに何度か経過報告をしているという。

「まったく、本当に手間がかかる……」

ブツブツ言いながら支店長がスマートフォンを取りだしたその時、固定電話が鳴り響いた。私は電光石火《でんこうせっか》の勢いで受話器を取った。全員の視線が、私に集中する。

「お電話ありがとうございます！　B社K支店、佐倉でございます！」

最初に耳に飛びこんできたのは、ノイズだった。ザザッと音がして、その後、細い声が響いた。

『あ……、柚木です……けど』

「柚木さん！」

私の一言に、みんなの口から安堵《あんど》のため息がもれた。

「大丈夫ですか？　なにがあったんです？　今、どこですか？」

『……わかりません』

　はい？

『朝、支店を出たことは覚えてるんですけど……、そのあと、記憶なくて……』

「事故ですか？」

『や、怪我《けが》はないです。……多分……パニック？　になって……、めちゃくちゃに車を走らせたみたいで……。ここがどこなのか……』

　つまり、迷子……？

　いつの間にかそばにきていた川原支店長が、私から受話器を取った。

「柚木、無事か？」

　しばらく無言で彼の話をきく。さすがの支店長も、今回は怒鳴らなかった。

「――わかった。とにかく、すぐ家に連絡を入れろ。親御《おやご》さんが心配してる。それから、迎えをよこすから、そこで待ってろ。――え？　でも……。――そうか、うん。じゃあ、気をつけてな」

　電話を切り、彼は一同を見渡した。

「柚木は無事だ。事故でも事件でもない。また怒られるのかと思ったら頭が真っ白になって、気づいたら全然知らないところを走っていたそうだ」

「人騒がせだなぁ」

一之瀬さんが苦笑する。

「一日中迷走してたんだ」

「いや、どっちかっていうと逃走だろ？」

木村《きむら》主任が返し、川原支店長を見る。

「迎えにいきますか？」

「自分で帰れると言ってた。ナビついてるしな」

「大丈夫ですかね？　またパニックになったら……」

兼田課長が腰を浮かせる。支店長が手を振った。

「受け答えもしっかりしてたし、平気だろ。いざとなったらオレがいくから、みんな、もうあがれ。お疲れ！」

鶴の一声で、全員が動きだす。川原支店長は自分の席へ戻り、スマートフォンを手にした。おそらく、飛田部長に報告するのだろう。

――結局、柚木くんは翌日から土日を入れて三日間、会社を休んだ。その間に川原支店長と兼田課長がT建築事務所へ謝罪にいき、来月の一般配布分に改めて修正、校了した広告を載せることで合意した。校了印をおしたかどうかは、社長の記憶が曖昧《あいまい》だったこともあり、最後までわからなかった。


《パニック逃走事件》から三日後。いつものように私が一人で仕事をしていると、そっと支店の扉が開いた。

「あ、柚木さん。おはようございます」

逃走以来、初めての出勤だ。

時刻は十時。朝、遅刻すると連絡があった。「ちょっとお腹の具合が……」とかゴニョゴニョ言い訳をしていたけれど、みんなと顔をあわせるのが気まずかったのだろう。朝礼でネタにされるのは必至だし。

「大丈夫ですか？」

「どうも……」

その返事は、どのように解釈すればいいのだろう……。

彼は誰もいないと知ると室内へ入り、私のデスクに近寄ってきた。営業カバンから、茶色の長財布《ながざいふ》を取りだす。

「あの、昨日……じゃない、この間は、すみませんでした。けっこう遠くまでいっちゃってて……。戻ってきた時、支店長が、交通費とか全部経費で落としていいって言ってくれたんです……」

数枚の領収書を差しだしてくる。

「わかった。お金出すね。ちょっと待ってて」

柚木くんは自分の席へいき、私は領収書を確認した。一枚目は、高速代だった。

（パニックだったわりに、ちゃんと高速走れたんだ）

入口料金所の名前に見覚えがある。みんながいつも使用している、支店から一番近いインターチェンジだ。

（おりたのは……）

印字された文字を見て、反射的に顔をしかめた。そこには、有名な観光地の名前があった。温泉がたくさんあり、登山や渓流《けいりゆう》下り、冬はスキーが楽しめる。

（二枚目は帰りの高速代。三枚目は……、ガソリン代か）

ガソリンを入れた時刻は、十三時四十六分。

（この時間、みんなが柚木くんに電話をかけてたはずなのに……。ガソリンは入れられて

も、電話には出られなかったのかな）

なんだか、胸がモヤモヤしてきた。チラッと上目に柚木くんを見る。私の視線には気づいたのか、彼は「あ」とつぶやき、立ちあがった。

「すみません。領収書、もう一枚あって」

え。まだあるの？

彼はこちらへやってくると、長財布から小さな紙を引き抜いた。

その拍子に、なにかが下に落ちる。

「――っと」

新たに取りだした領収書を私のデスクに置き、落としたものを拾おうと、柚木くんが身を屈める。

「あれ？　どこだ……？」

なかなか見つからないようだ。私もしゃがんで床を見た。

「あぁ、これかな？」

私のデスクの真下に、細長い紙が落ちている。表面《おもて》が下になっているのか、真っ白だ。

指先でつまみあげ、なに気なく引っ繰り返して息をのんだ。

「これ……」

そこには、《日帰り温泉入浴券》と、でかでかと印字されていた。背景には露天風呂の写真があり、「一枚につき三店舗まで入浴可能！」と書かれている。日付と店名が入ったスタンプが三つおされ、それは間違いなく彼がパニックに陥《おちい》った日だった。

「！」

柚木くんが手をのばし、入浴券を取ろうとした。反射的に、背中へ隠す。

「返してください」

「温泉入ってたんですか？」

私は、半ば叫ぶように尋ねた。

「みんなが心配して柚木さんを探している間、のん気に温泉なんか入ってたんですか？　パニック起こしてた人が？」

「それ、ぼくのじゃない。親のを間違えて……」

「うそ！」

身体《からだ》が、熱い。

「高速をおりた場所、この温泉地じゃないですか。偶然にしてはできすぎです。それにこの日、私は柚木さんのお母さんと電話で話してます。自宅にいましたよ」

「──」

柚木くんがおし黙る。

私は彼がデスクにのせた、追加の領収書を指さした。

「みんなに迷惑かけて、遊んだ分のお金までもらおうなんて……」

「それは温泉代じゃないです。駐車料」

吐き捨てられた言葉に、呼吸が止まった。

（あ、今……）

怒り、いや、過去に例をみないほどすさまじい殺意が……。

「ふ……ざけんな」

ポケットからスマートフォンを取りだす。

「なにを」

「支店長に報告します」

「やめてください！」

柚木くんが両手をあげる。スマートフォンを取られそうになり、戸口まで逃げた。追いかけてきた柚木くんが、いきなり床に膝をつき、土下座《どげざ》した。

「すみません！　ごめんなさい！　もうしないので、許してください！」

ナマ土下座なんて、初めて見た。驚きで思考が停止する。

「毎日支店長の怒鳴り声きいてたら、疲れちゃって。客のクレームとか、売り上げ目標とか、追いたてられているみたいで……」

背中を小刻みに震わせて……、泣いているようだ。

怒りは消えない。甘えるなと思う。——けれど、彼の辛《つら》さは理解できる。川原支店長のキャラクターは強烈だし、スポンサー様の要求は際限がないし、一件契約取るのも大変だ。

「限界だったんです。二度としないので、今回だけ見逃してください」

床にへばりついている彼を見おろし、私はため息をついた。

「………わかったよ」

パッと柚木くんが顔をあげる。

「本当ですか？」

うなずくと、彼は立ちあがった。

「ありがとうございます。佐倉様！」

「様って……」

一転して笑顔、おまけに両手を合わせる仕草が妙に芝居《しばい》がかっていて、許したことをちょっと後悔した。

（でも、反省はしてるみたいだし……）

ずいと目の前に柚木くんの手が差しだされ、私はきょとんとした。

「なに?」

「入浴券、返してください」

「あぁ」

手の平にのせてやると、彼はくしゃっと握りつぶし、ポケットの奥にしまった。

「じゃ、ぼく出かけますので。お金は明日でいいです」

営業カバンを手に、そそくさと出ていく。閉まった扉を眺め、私はつぶやいた。

「お金、もらうんだ……」


「なにか、ありました?」

翌朝、ホームで始発電車を待っていると、すぐ横から声をかけられた。ハッと顔をあげ、あげるなり頬が熱くなる。

思いのほか近くに、林さんの顔があったのだ。

「いいいいえ……」

動揺《どうよう》して変な声を出してしまい、身を縮める。

「そうですか？　ここに――」

林さんが、自分の眉間《みけん》を指さした。

「シワが寄ってますよ？」

「！」

あせって右手で額を隠す。彼は白い歯を見せて笑った。

「うそです」

（え～！）

そんな爽《さわ》やかにからかわれたら、怒れない。

彼は表情を改め、首をかしげた。

「でも、深刻な顔をしてましたよ。悩み事ですか？　よかったら、話ききますよ」

「……」

少し迷ったけれど、彼の優しそうな目を見たら、打ち明けたくなってしまった。

「実は、この間話した新人さんの件なんですけど」

彼がしたことを支店長に報告せずに許したのは、果たして正しかったのか。時がたつにつれ、不安になってきたのだ。

「――というわけで、モヤモヤしてて」

ざっと経緯を説明し終えた時、ちょうど電車がきた。彼がおりる次の駅まで、約四分しかない。

「う～ん」

林さんはつり革につかまり、低くうなった。

「新人教育って、難しいですね。ぼく、教育係を外されたこと、今もちょっと引きずってて……。だから、佐倉さんの気持ち、わかります」

わかるという言葉に、ドキドキする。

彼はあくまで真剣だった。

「一度はチャンスをあげてもいいかもしれません。でも、二度目はダメだと思います。話をきいただけなので断定はできないんですけど、その新人さん……」

少し迷ってから、思い切ったように続ける。

「マズいような気がします」

「マズい？」

「たとえば、怒られるのが怖くて病気と偽って休んでしまった……くらいなら、まだ許されると思うんです。でも、約束をすっぽかした上、誰にも連絡せず、会社の車で遊びにいってしまうのは……非常識ですよね？　普通の人なら、バレそうで怖いとか、罪悪感があってできないと思うんですよ」

　確かに。

「彼みたいなタイプは、注意した方がいいです。笑い事ではすまないようなことをしでかすかもしれない。そして、佐倉さんを丸めこめると思って、利用してくるかもしれない」

「まさか……」

　笑おうとしたけれど、上手《うま》くいかなかった。

「また同じように見逃してくれと頼まれても、会社に不利益を与えるようならキッパリ断って、上司に報告しなきゃだめですよ。黙っていたら、共犯にされてしまうかも」

「共、犯……」

　急に怖くなってきて、両手でぎゅっとカバンを握りしめる。

「あ、すみません」

　林さんが手を振った。

「おどかすつもりはなかったんです。佐倉さんの話をきいてたら、依頼人のことを思いだして、つい――」

「は？」

「その人、会社のお金を使いこんでしまったんですけど、なんだか新人の彼と似ている気がして……。少し非常識で、罪悪感があまりなさそうで、その場しのぎのうそをつく……」

「あの……」

私は、片手をあげた。電車が減速している。彼がおりる駅が近い。

「依頼人って?」

「あぁ!　言ってませんでしたね」

電車がとまり、扉が開いた。

「ぼく、弁護士なんですよ」

衝撃の一言を残し、彼は去っていった。

残された私は、驚きのあまり次の駅までかたまっていた。

(えええええ!)

再び電車が動きだしてようやく、金縛《かなしば》り状態から復活する。

(顔がよくて、性格がよくて、おまけに頭までいいの?　そんなのアリ?)

それから二日後のクリスマス・イブに、事態は急展開した。

十七時過ぎ。支店の固定電話が鳴った。この時間にかかってくる電話は、なぜかクレームか解約が多い。

『もしもし、C理容店だけど。この間届いたタウン情報誌の見本に、校了していない広告が載ってるんだよ。どういうこと？』

やはりクレーム。奇《く》しくも、T建築事務所と同じ内容だった。発行地区も同じだ。

調べてみると、C理容店は十一月十九日に母良田《ほろた》代理が契約し、十一月二十二日に原稿依頼書を送信。十二月一日から柚木くんが担当し、三回修正して、十二月八日に校了の社判がおされていた。

校正用紙をＦＡＸして確認してもらうと、意外な言葉が返ってきた。

『これ、古い社判だよ。この時はもう使ってない』

詳しくきいたところ、C理容店の古い社判は会社名と住所だけで、電話番号がなかったという。新しく電話番号入りのものをつくり、古いものは、ゴムがすりきれて住所の一部が欠けていたこともあり、破棄した。破棄したのは、十二月一日。新しい社判を受け取った日で、領収書が残っているから間違いない。

しかし校正用紙には、十二月八日に、捨てたはずの古い社判で押印《おういん》されている。

（意味がわからない）

いったん電話を切らせてもらい、私は首をかしげた。

柚木くんに問い質《ただ》せばいいのだが、それをしてはいけない気がする。

（どうせ、問題なかったと答えるはず）

会社支給のスマートフォンを取りだし、電話をかける。困った時は——。

『はい。I支店、月岡《つきおか》です』

——頼れる先輩に相談だ。

「お疲れ様です。K支店の佐倉です。今、ちょっといいですか？」

事情を説明すると、月岡さんは深刻そうになった。

『ん～、スポンサー様がおしてないはずの社判がおされてるのね。しかも二件……。におうわ～』

「ですよね」

不正のにおいがする。

『手書きなら、文字をマネして偽造……なんてケースもあるけど。社判は難しいよねぇ……。あぁ！』

声が大きくなる。

『以前、器用にコピーした人がいるってきいたことがあるよ』

「コピー？」

『そう。それは契約書だったんだけど。まず、昔の契約書をコピーして、社判以外は全部ホワイトなんかで消すの。で、これから書く新しい契約書にコピー。契約書は三枚複写になっているから、一枚ずつバラしてね』

「え。でも、契約書って、普通の紙と違ってすごく薄いじゃないですか。コピーなんかしたら、破れちゃいませんか？」

『そこが職人技なんだけど、破れないように、別の紙にぴったりと重ねてコピーしたらしいよ。会社やコンビニにあるような大きなコピー機だと、内部で紙が複雑に動くから破れやすいけど、家庭用のプリンターを使えば真っ直ぐ出てくるから破れにくいみたい。もし破れても、書損《しょそん》で処理すればいいだけだから、何度でもやり直せるしね。認印は、百円均一で買っておしてたって。でも、支払いの段階でスポンサー様から《契約の覚えなし》の電話がきて、バレて、即クビだったらしいよ』

　悪事は隠せないものだ。

「そっか、コピー……」

『契約書は複写式の特殊な紙だけど、校正用紙は普通の紙でしょ。しかも、原稿製作部からデータで届いたのを支店でプリントアウトする……。私なら、コピーじゃなくて、データを直接いじるな。その方が早くて綺麗《きれい》にできない？』

月岡さんの朗《ほが》らかな声に、ゾッとする。

「データを、直接？」

『そう。ほら、広告って、契約したあとでつくり始めるじゃない。だから、契約書の社判をスキャナで取りこんで、枠《わく》や汚れを消して、切り取って、校了印欄にはりつける』

今度は、身体に電流が走ったような気分になる。

C理容店の契約日は十一月十九日。その時はまだ、古い社判を使っていたはず。

そして、支店のパソコンには、ちょっとした広告の見本などを自分でつくれるように、便利なソフトがいくつか入っている。それを使えば——。

『まぁ、スポンサー様が校了してないって騒いだら、すぐにバレるだろうけど』

すぐにバレるようなことをやってしまう。それが柚木くんだ。非常識で、罪悪感がなく、その場しのぎのうそをつく……。

お礼を言って電話を切ると、私はパソコンを立ちあげた。

（まさか、とは思うけど……）

営業さんたちがデータを保存している共有フォルダを開く。それらしいものは……ない。

（だよね）

ホッとした直後、閃《ひらめ》いた。いつだったか、捨てるように頼まれたCD―Rがあった。あとでまとめて破棄しようと、棚《たな》に置いたままになっている。

取りだして、恐る恐るCD―Rドライブにセットし、中身を確認する。

（うそでしょ）

ざっと見ただけでも、十件以上の校了印入りの校正用紙が保存されていた。全部プリントアウトし、一枚ずつ会社名を確認していく。

（T建築事務所のもある）

「なにしてるんですか」

すぐ近くで声がして、私は飛びあがった。いつの間に帰ってきたのか、デスクの前に柚木くんが立っていた。

「これ――」

私は校正用紙を見せた。動揺して、上手《うま》く言葉が出てこない。必死で声を絞《しぼ》りだした。

「さっき、C理容店から、校了してない広告が載ってるって電話がありました。確認したら、校了印は、処分したはずの古い社判でおされてたんです。柚木さん、契約書の社判を利用して偽造したんじゃ――」

「だったら、なに?」

柚木くんは冷静だった。

「なにって……。勝手に校了するなんて、許されないです。やり直さないと!」

「はぁ?」

あきれたように、彼が両目を細める。

「修正って三回までなんでしょ? スポンサーには、契約の時にそう説明してますよね。なのに、何度直しても気に入らない。写真を差しかえろとか、二ミリ左へずらせとか、そんなの、いちいちつきあってられないでしょ」

「いや、そこはつきあわなきゃ!」

思わず心の声がもれた。

「仕事だよ!」

柚木くんが舌打ちした。

「そもそも三回までって言ったの、あんたじゃん。ランキング出るから頑張れって、プレッシャーかけてきたでしょ。ぼくは期待に応えてやっただけ」

「私のせいってこと?」

手が震える。柚木くんは、当たり前だとばかりにうなずいた。

「でも、気にすることないよ。ごまかせばいいんだ。T建築事務所の社長だって、校了印の記憶曖昧《あいまい》だったでしょ」

彼が笑った。唇をゆがめた顔にはっきりと悪意が浮かんでいて、それを見た瞬間、私の手の震えが止まった。

耳元で、林さんの声がきこえた気がした。

『佐倉さんを丸めこめると思って、利用してくるかもしれない』

彼のペースに引きずられては、ダメだ。

私はゆっくり息を吐きだし、背筋を伸ばした。

「ごまかせないよ。C理容店様には、十二月一日に社判を取りかえた記録が残ってる」

柚木くんは、食い下がった。

「今回だけ、クレーム握りつぶしちゃえば……」

「無理」

なぜなら――。

「私は、そんなことしないから」

彼が眉《まゆ》を寄せた。

「なんで？　バレたら、あんたも怒られるよ。監督不行き届き、とかいって」

「仕方ないよ。本当だから」

「クビかもよ」

「かもね。でも、クレームを握りつぶしてもクビだよね。――なら、さっさと謝るよ」

私が揺るがないことを知り、初めて柚木くんがうろたえた。

「そんな……、だって……」

「支店長に報告するね」

ポケットから会社支給のスマートフォンを取りだす。ほぼ同時に彼が土下座《どげざ》した。

「お願いします、佐倉様！　今回だけ見逃してください！」

(前と同じパターンじゃない……。なにやってんだか)

もうナマ土下座に対する驚きはなく、ただあきれるばかりだ。

「ごめん」

静かに伝える。

「私も一緒に謝るから」

パッと柚木くんが顔をあげ、立ちあがった。素早くデスクを回り、こちらへ突進してくる。逃げようとしたが間にあわず、スマートフォンが払いのけられて、遠くに飛んだ。

「あっ！」

「やめろ！」

拾いにいこうとした私の手首をつかみ、彼が叫んだ。目が血走っている。

「誰にも言うな！　黙ってろ！」

「はなして！」

いつもの覇気《はき》のない態度からは信じられないくらい強い力に、怖くなる。

「いた――」

「なにしてる！」

バアンと扉が開き、兼田課長と木村主任が飛びこんできた。

「柚木！」

「手をはなせ！」

二人がかりでは抵抗もままならず、柚木くんが私から引き離される。

「たまに早く帰ってみりゃ、なんの騒ぎだよ」

柚木くんの右腕をつかみ、兼田課長がぼやく。

「女性を口説《くど》きたければ、それなりの手順を踏まないと。いきなりおし倒すなんて論外だ」

同じく左腕をつかみ、木村主任が真面目《まじめ》に説教する。私は手をあげた。

「誤解です」

おし倒されてなどいない。

「彼が校了印を偽造していたことがわかって――」

「違う！　黙れ！」

柚木くんが暴れ、兼田課長に「お前が黙れ！」と一喝《いっかつ》される。

「なになに？　どうしたの～？」

戸口から、一之瀬さんが顔をのぞかせた。彼の後ろには、森永《もりなが》さんと母良田代理がいる。

時刻は十八時。クリスマス・イブだから、みんな早めに戻ってきたのだろうか。

私が事情を説明すると、兼田課長が顔をしかめた。

「ふん。坊やのくせに、考えたじゃないか」

「ぼくは悪くない！」

柚木くんが叫ぶ。

「佐倉さんのせいだ！　修正は三回までとか、プレッシャーかけてくるから！」

「はぁ？」

木村主任が眉間《みけん》にシワを寄せる。

「修正三回は本社が決めたことだろう。佐倉さんのせいじゃない」

ギリッと柚木くんが奥歯をかむ。

「お前らもだ！　研修中はなにも教えてくれなかったし、いつもぼくをのけ者にしてる。毎朝ぼくを置いて、先に支店を出ちゃうだろ。支店長は怒鳴ってばかりだし、誰もぼくの悩みをきいてくれない！　かまってくれない！　優しくない！」

なんだか、彼が小学生に見えてきた。みんなも口を半開きにしている。

柚木くんは叫び続けた。

「給料安いし、朝礼長いし、仕事量は多い！　その上、パワハラ、モラハラのオンパレード！　最低だよ！　だから、他の新人は辞めちゃったんだ。谷崎《たにざき》なんか、まだ入院してるんだぞ！　全部お前らのせいだ！」

今年は新卒を四人入れて、残ったのは柚木くんだけだと川原支店長が話していたのを思いだす。なにがあったのかは知らないが、場の空気が凍りついた。

柚木くんは止まらない。

「今回だってそうだ！　会社とお前らが、ぼくを追いつめたんだ。ちょっとくらいサボったって、責められる覚えなんかないね！　ぼくは悪くない！」

誰も、なにも言わない。

私は思わず一歩前に出た。考える前に、しゃべっていた。

「言いたいことはわかるけど、あんたは悪い」

確かに、色々問題がある会社だ。だからといって、仕事をサボって温泉にいっていいだろうか？　校了印を偽造していいのだろうか？

よくない。決して許されない行為だ。

私は、大きく息を吸いこんだ。

「ここは会社、働く場所なの」

だから——。

「働かない者は去れ」

柚木くんの頬が痙攣《けいれん》した。彼はブルブルと全身を震わせ、口を開いた。なにか言おうとしたのだろうか。しかし、結局なにも言わず、兼田課長と木村主任の手を振りほどくと、開いていた扉から廊下《ろうか》へ飛びだしていってしまった。

「——」

しばらく誰もが無言だった。——と、突然、兼田課長がパチパチと間の抜けた拍手を始めた。すぐに母良田代理がならい、木村主任、一之瀬さん、森永さんが続く。

「いやぁ、よく言った」

兼田課長が真顔で私をほめ、

「ブラヴォー！」

母良田代理がうなずき、

「カッコイイなぁ」

一之瀬さんが笑う。

私は我に返り、うろたえた。

「どうしよう、私、つい――」

「いいって」

木村主任が私の肩を叩いた。

「反省すれば帰ってくるだろうし。帰ってこなければそれまででしょ」

「それまでって……」

「とりあえず」

森永さんが、両目を細めた。

「今夜は飲みにいきませんか？　みんなで」

「いいね！」

木村主任と一之瀬さんの声が重なる。

「え、なに？　今日、飲み会？」

新たな人物の声に、全員で振り返る。戸口に川原支店長が立っていた。拍手が響く室内をキョトンとした顔で眺め、坊主頭《ぼうずあたま》をかく。

「フィリピンパブでも、いく？」


「あれ？　佐倉さん？」

二十一時の自転車置き場で、青い自転車――《青山《あおやま》くん》――のカギを外していた林さんが、驚いたように手をとめた。

「自転車残ってるなと思ったけど……、遅かったですね」

「飲んでたんです。会社のみんなと」

クリスマス・イブだというのに私には予定がなく、みんなも、急ぎで帰る必要はないようだった。

「林さんこそ、遅かったですね」

「残業になっちゃって」

「え～。イブなのに。彼女、怒ってるんじゃないですか？　ちゃんとフォローしなきゃダメですよ？」

「佐倉さん、酔ってますね？　今日は自転車に乗っちゃダメですよ。押して帰らないと……」

「いーえ。酔ってませーん！」

私は《迅之助《じんのすけ》》のそば――林さんの隣――へ歩いていった。

「大丈夫ですか？　なんか、フラフラして……」

「私も、ダメでした」

「え？」

「新人教育、上手《うま》くできなかったです。彼、他にも……悪いことをしていて――」

柚木くんは、今後どうなるだろう。兼田課長から事情をきいた川原支店長は、戻ってこなくていいと言っていた。「足を引っ張るヤツはいらない」と。

みんな同感のようだった。私も彼を許せないと思う一方……、少し後悔していた。

「言い過ぎたかも……」

怒りにかられ、みんなの前で「去れ」と言ってしまった。彼の退路を絶った。

「佐倉さん」

呼びかけられ、我に返る。林さんが身を屈め、下からのぞきこんできた。

「もしかして、また見逃してくれって、頼まれたんですか？」

私は黙ってうなずいた。

「それで、断った?」

もう一度、うなずく。

「そうですか。——頑張ったんですね」

優しい一言に、呼吸が止まる。彼が、穏やかな眼差《まなざ》しでこちらを見つめている。

「ダメじゃないですよ。佐倉さんは、やるべきことをやったんです」

ゆっくりと彼の手がのびてきて、私の頭に触れた。「よしよし」というように、なでてくる。ほどよい重みとぬくもりが心地よい。

(なにこれ、クリスマス・プレゼント?)

じんわりと涙がにじみそうになり、私はそっと目を閉じた。

第四章

ダメ人間で、すみません

変だ。

昨日、営業さんが集金した現金と、領収書控えの金額があわない。

(集金件数は三件。領収書控えの合計は、五万九千四百円)

そして、現金の合計は……五万九千四百五十円。現金が五十円多い。

(昨日集金にいったのは——)

森永《もりなが》さんだけだ。

(またか……。集金の誤差、これで三度目……?)

前々から、ちょっぴり抜けているな……と、思ってはいた。忘れ物が多く、自分のスマートフォン、メガネ、上着、契約書……、しまいには営業カバンを忘れて、手ぶらで営業にいってしまったこともある。

(最近は忘れ物以外もミスが多くて、シャレにならないんだよね)

彼が取ってきた契約書を、パラパラとめくってみる。

(あ、記入もれ発見)

ちょっとめくっただけで見つかるなんて……。

ガックリと肩を落とし、改めて一枚ずつ目を通す。

（げっ！　これ、消費税を三パーセントで計算してる！　三パーセントって、いつの話よ？）

顔をしかめた時、支店の扉が開いて、兼田《かねだ》課長と森永さんが入ってきた。

「おはよー」

「おはようございます」

兼田課長はデスクにカバンを置き、すぐに廊下《ろうか》へ出ていった。非常階段で一服するのだ。

先日本社から、支店内での禁煙を徹底するよう指示があり、飛田《とびた》部長の命令で灰皿を捨ててしまった。廊下は禁煙なので、タバコを吸うには、非常用の外階段へ出るしかない。

森永さんはコートを脱いで席に着き、手にしていた缶コーヒーの飲み口を開けた。一口飲もうとして、近づいてくる私に気づき、ビクッと震える。

「あ～。また、やっちゃいましたか？」

「はい。やっちゃってます」

まず、多かった五十円玉を返す。彼は眉《まゆ》をさげて笑った。

「すみません。受け取ったお金、集金袋ではなく、自分の財布《さいふ》に入れてしまって……。慌てて入れ直した時に紛《まぎ》れこんでしまったんですね」

以前ミスした時も、同じ説明をしていた。スポンサー様から、クレームはきていない。

私はうなずき、次に契約書を差しだした。

「ここ、複写の三枚目だけ認印が抜けています。こっちは広告枠《わく》のサイズが未記入。それから、これ！　消費税率が間違ってます！」

森永さんが顔を赤らめ、ペコリと頭をさげた。

「すみません」

「お前、また直しかよ」

いつの間に戻ってきたのか、後ろに兼田課長が立っていた。

「この頃、多くないか？　佐倉《さくら》さんがフォローしてくれるからって、甘えるなよ」

森永さんはミスが多く、営業成績もイマイチで、川原《かわはら》支店長にしょっちゅう怒鳴られている。少しでも怒られずにすむよう、気がついたミスは、支店長の目に触れる前に教えるようにしていた。

彼は頭をかいた。

「甘えているわけじゃ……。申し訳ありません、ダメダメで」

わざわざ立ちあがり、再び丁寧《ていねい》に頭をさげる。私は慌てて両手をあげた。

「いえいえいえ！　再提出、早めにお願いしますね」

年上の男性に謝られると、むずがゆい気分になる。そそくさと自分のデスクへ戻り、イスに腰かけ……「あれ？」と首をかしげた。

（今、なにか変じゃなかった？）

そっと森永さんを観察する。彼は十個のデスクをくっつけた《島》の内、ちょうど私と向かい合う位置に座っている。ややたれ目ながらも左右対称の整った顔立ち、いい感じにウエーブがかかった髪、瘦《や》せた身体《からだ》、外回りのわりに白い肌をしている。服装は、紺《こん》色のスーツと青色のネクタイ。おかしなところは……ない。

（気のせいかな）

森永さんが立ちあがった。トイレにでもいこうとしたのか、戸口へ歩いていく。全身を見て、私は叫んだ。

「わかった、クツ！」

ビクッと森永さんが震え、恐る恐るこちらへ振り返る。私は彼の足元を指さした。

「森永さん、右と左、違うクツはいてませんか？」

「えっ？」

彼がズボンの裾《すそ》をあげる。右足のクツはヒモがついていたが、左足のクツには……ない。

「ブハハハハ！」

兼田課長が爆笑した。

「お前……ッ。大丈夫かよ」

支店の扉が開き、一之瀬《いちのせ》さんが顔をのぞかせた。

「おはよーございまーす。なんか楽しそうですね。ぼくも混ぜて～」

やや遅れて、母良田《ほろた》代理、木村《きむら》主任も入ってくる。

「なんだ、この笑いは」

「いいことでもあった？」

「実はな――」

兼田課長が嬉々として森永さんの失態を暴露しようとした時、ピーと複合機が音を立てた。ＦＡＸが届いた合図だ。たまたま近くにいた一之瀬さんが、吐きだされた用紙を手に取った。

「あ」

取ると同時に、笑顔が消える。私は反射的に腰を浮かせた。

「クレームですか？」

全員の視線が一之瀬さんに集中する。彼は無言でＡ４用紙の上下をつまみ、精一杯腕を伸ばして掲げてみせた。

室内の空気が凍りつく。

そこには、

『会社辞めます。――ユズキ』

と、書かれていた。


「なに考えてんだ、アイツは！」

それから数分後に出勤してきた川原支店長は、柚木《ゆずき》くんからのＦＡＸを見るなりゴミ箱を蹴飛《けと》ばして怒鳴った。

「芸能人の結婚報告かよ！　あの野郎、オレと飛田部長が訪問した時には、顔も見せなかったくせに！」

クリスマス・イブに柚木くんが支店を飛びだしていったあと、川原支店長は飛田部長と二人で柚木家を訪問した。イブは金曜日だったため、二十七日の月曜日と、年が明けて七日の二回だ。しかし、柚木くんは二回とも、自室に閉じこもって出てこなかったらしい。

やむなく支店長たちは母親に事情を説明し、戻る意志があるなら受け入れると伝えたそうだ。調査の結果、彼が校了印を偽造したのは十七件。きちんと校了した広告を載せるため、タウン情報誌の発行を二ヶ月遅らせることになった。支店長は「足を引っ張るヤツはいらない」と言っていたが、会社は「チャンスを与えるべきだ」と考えたようだ。しかし、柚木くんからの応答はなく、母親も彼がどうしたいのかわからないまま日が過ぎていた。

「これ、親御《おやご》さんはご存知なんですかね？」

木村主任が、誰にともなく質問する。川原支店長がバリバリと坊主頭《ぼうずあたま》をかいた。

「ご存知だったら、ＦＡＸする前に止めるだろ。恥ずかしい」

彼は、どさりとイスに腰かけた。

「とりあえず、飛田部長に報告して、母親に電話してみよう。本当に辞めるなら、ちゃんとした退職願を出してもらう。――ということで、この件は終了。よし、朝礼始めるぞ！」

手をたたき、首をかしげる。

「あれ、森永はどこいった？　タバコか？」

室内に彼の姿がない。私は立ちあがった。

「呼んできます」

廊下へ出て、喫煙所である非常階段へ向かう。扉が開けっ放しで、一月の冷たい風が吹きこんでいた。外階段は、段の隙間《すきま》からは下が見え、手すりが驚くほど細い。最初は怖くて足がすくんだ。みんな寒い寒いと文句を言いながら誘惑に勝てず、コートを着てタバコを吸っている。だが、森永さんはいなかった。

（トイレかな）

引き返そうとした時、上から人の気配がした。階段をあがっていくと、一つ上の踊り場に、森永さんが立っていた。こちらに背を向け、手すりに肘をつき……、下を眺めているのだろうか。

「森永さん」

私の呼びかけに、彼はビクッと肩を揺らした。

「朝礼、始まりますよ」

「あ、はい……。すみません」

タバコは吸っていなかったようだ。私は先に下へ引き返し、森永さんが続いた。

「佐倉さん」

階段の途中で彼に呼ばれ、振り返る。太陽の光がまぶしくて、目を閉じた。

「気にすること、ないですよ」

とっさに、返事につまった。森永さんが言っているのは、柚木くんのことだろう。

「佐倉さんのせいじゃ、ないですから」

「……」

私は両目を細く開けた。光が強すぎて、彼がどんな表情をしているのかわからなかった。


その日の十四時。会社支給のスマートフォンが鳴った。電話だ。

（本社から……）

珍しい。柚木くんの件だろうか。

「はい。K支店、佐倉です」

『お疲れ様です』

かけてきたのは、総務の女性だった。

『今、男性から本社に直接電話がありまして』

「え?」

『空地に車が長時間とまっていて、それがどうやら、ウチの車らしいんですよ』

その男性は空地の向かいに住んでおり、午前中からずっと同じ場所にとまっている車に気づいたらしい。車体に書かれていた会社名をウェブサイトで調べ、本社に電話してきたそうだ。本社は、教えられた車のナンバーからK支店の営業車だとわかり、知らせてきたのだった。

『ナンバーを言いますので、誰が運転しているか調べて、携帯を鳴らしてもらえませんか。大至急』

大至急という言葉に、強い力がこもっている。車が邪魔になっているのだろうか。

『実は、中で人が横になっていて、窓をたたいても反応がないとか……。眠ってるだけならいいんですけど』

「えっ！」

慌ててメモ帳を引き寄せる。ナンバーを控え、通話を切って、《運転日報》を取りだした。現在、支店に営業車は七台。該当《がいとう》ナンバーの車を使っているのは……。

（森永さん！）

急いでスマートフォンを取りだし、彼の番号にかける。

（出て！）

願いは空《むな》しく、留守電に切りかわった。何度かけてもダメだ。

（まさか、死んでるんじゃないでしょうね。熱中症って、一月でもなるの？　どうしよう……。そうだ！）

兼田課長に電話をかける。課長は今月、森永さんの隣の地区を担当していたはずだ。近くにいるかもしれない。

『もしもし？』

三《スリー》コールで電話に出てくれた課長に、事情を説明する。彼は低くうなった。

『また森永か～。も～、困っちゃうなぁ。最近あいつ変じゃないか？　まぁ、いつも変だけどな～。変じゃなかった時なんか、一度もないけどな～』

「あの、課長……」

『心配しなさんな。ちょうど近くにいるんだ。あと五分で着く』

グチりながらも、車を走らせていたようだ。課長は運転中も会話できるハンズフリーのヘッドセットを使っている。また連絡すると言って、通話は切れた。

落ち着かず、支店内をうろうろしていたら、今度は固定電話が鳴った。

「はい。B社K支店、佐倉でございます」

『森永を出せ！』

「は……？」

『早く出せよ！』

出せ？　車から出せってこと？　一刻を争う、危険な状態なの？

混乱し、言葉を失う。受話器の向こうから、舌打ちの音が響いてきた。

『お宅の会社に、森永ってヤツがいるだろう。かわれ！』

（あぁ、電話に出せって意味だったのね）

怒気をふくんだ男性の声だ。クレームだろうか。

「申し訳ありません。森永はただいま営業に出ておりまして……」

チッと、再び舌打ちの音。

『じゃ、あんたでいいや。金、返してくれ』

え、金？　これってまさか、ヤクザの取立て？

よもや森永さん、借金がかさんで絶望し、車の中で自らの命を絶とうと——。

『昨日、森永が集金してった二万千六百円、返せよ！　ウチは広告出してないのに、金だけ取っていきやがって。なに考えてんだ！』

全身から冷や汗がふきだした。

「す、すみません。至急確認しますので、会社のお名前とお電話番号を——」

メモを取り、電話を切った瞬間、スマートフォンが鳴った。兼田課長から電話だ。

『佐倉くん。森永、眠ってただけだったよ。まったく、人騒がせな』

課長が現場に到着する少し前に、目覚めたらしい。

「そうですか……」

とりあえず、よかった。

続いて、森永さんが電話に出た。

『佐倉さん。ご迷惑をおかけしました』

ペコペコお辞儀《じぎ》している姿が目に浮かぶ。私は咳払《せきばら》いした。

「おはようございます、森永さん。起きて早々すみませんが……、クレームがきてます」

彼はつかのま、言葉を失った。

『それは……、重ね重ね申し訳ありません』


今回のクレームの内容は、以下のとおりだ。

森永さんは昨日、自分が契約を取ったスポンサー様のお店へ、集金にいった。お店の名前は《元祖めだまや》。厚焼きたまごが人気の定食屋さんだ。

広告料金の支払い方法は、契約時にスポンサー様が決めることになっている。《元祖めだまや》の店主は、振り込みにいく暇がないからと、集金を選んだ。

約束していた時間に森永さんがお店にいくと、店主は不在で、奥さんが対応してくれた。彼女は明らかに妊娠《にんしん》しているとわかる大きなお腹をしており、体調が悪いのか、だるそうだった。森永さんが集金にきたと言うと、彼女はそれ以上詳しくきかず、レジから現金を出して支払った。森永さんは領収書を渡し、彼女はやはりろくに確認せず、レジの横に置いた。

翌日、店主が領収書に気づき、激怒した。

宛名《あてな》が彼の店ではなく、近所にある別の店名になっていたのだ。但《ただ》しには「タウン情報誌広告代金として」と書かれていたが、広告を掲載した記憶などない。

怒った彼は、領収書におされていた社判と担当印を見て、電話してきたのだ。

「――つまり」

私は腕を組んだ。

「集金するお店を間違えたんですね？」

「……すみません」

森永さんが身を縮め、川原支店長が叫んだ。

「アホか、お前は！　自分で営業にいった店だろうが！」

時刻は十五時。場所はK支店だ。普段なら支店長がいるはずのない時刻だが、本社から彼のスマートフォンに《居眠り》の報告があったらしく、急遽《きゅうきょ》戻ってきたのだ。状況を報告するため、森永さんと兼田課長もいったん帰ってきていた。さすがに、「無事だったの？　よかったね〜」ではすまされず、本社に報告書を提出することになった。おまけに集金ミスまで発覚し、まさに《泣きっ面《つら》に蜂《はち》》状態だ。

川原支店長が自分の席に腰かけ、足を組んだ。

「で？　いったいどこで集金したんだよ？」

支店長のデスクの前に立っていた森永さんが答える。

「《めだま屋》です」

《元祖めだまや》と《めだま屋》。

「…………似てるな」

支店長の怒りメーターが、若干《じゃっかん》さがる。

森永さんの隣で、兼田課長がため息をついた。

「こちらへ赴任《ふにん》して一年目の支店長はともかく、森永は、あの店は要注意って知ってただろ」

「なにかあるのか？」

川原支店長の問いに、兼田課長がうなずく。

「店主の仲が悪いんですよ」

二店ともほぼ同じ頃に開店し、互いの店は徒歩十分と、場所も近い。そして、どちらも厚焼きたまごを売りにしている。

「二人は従兄弟《いとこ》で……、どっちが元祖かでモメてるんです」

開店は《めだま屋》の方が半年早いが、《元祖めだまや》の店主は、《めだま屋》の店主がこちらのレシピや内装のアイデアを盗んで先に開店したと主張しているらしい。もちろん《めだま屋》の店主は否定し、《元祖めだまや》の店主こそ、自分のマネをして開店したと言っているそうだ。

商売敵《がたき》の広告料を払わされたのだ。怒りも倍増するだろう。

支店長はため息をついた。

「とりあえず、森永は今すぐ返金にいけ。ちゃんと謝罪しろよ！　――あ、ちょっと待て！」

回れ右をした森永さんを止める。

「兼田課長といけ。お前、今日は運転するな」

また眠ってしまったらと、心配しているのだろう。

「佐倉くんは返金の準備、頼むな。わからないことは、本社の経理課にきいてくれ」

一通り指示を出すと、彼は勢いよく立ちあがった。

「じゃ、オレは用があるから、いくわ」

そそくさと出ていく。

(用って……フィリピンパブか、韓流《はんりゅう》ドラマか、パチンコ……どれだろう)

見送る私のそばで、兼田課長がぼそりと言った。

「麻雀《マージャン》だな」

「え?」

心の声が口からもれたのかと、驚く。兼田課長は肩をすくめた。

「この前、いい雀荘《じゃんそう》を見つけたと喜んでいた」

「……そうですか」

どうやら、偶然同じことを考えていただけらしい。

私から現金の入った封筒を受け取り、兼田課長は森永さんに声をかけた。

「いこう。お前の車、使っていいか? オレのは、ガソリンがヤバくて……どうした?」

森永さんは、しきりにズボンのポケットをさぐっていた。

「いや……車のキーが……」

「なくしたのか？　おいおい、しっかりしてくれよ」

「結局、車のキーはコートのポケットに入っていて、営業さんが菓子折り持参で謝罪にいって、返金して、領収書を返してもらって……」

つり革につかまり、私は小さくため息をついた。

「バタバタでした」

「大変でしたね」

隣で、《青い自転車の君《きみ》》こと、林《はやし》さんが微笑《ほほえ》む。

本日も、始発電車はすいている。外はまだ薄暗く、寒い。

「でも、ちゃんと車をとめていて、よかったですね」

彼の言葉に、私はうなずいた。無理に運転していたら大事故になっていたかもしれない。

「疲れてどうしようもない日って、ありますよね」

林さんは頭をかいた。

「ぼく、入社してすぐの頃は、緊張と不安で眠れなくて、フラフラになってましたよ」

「え。本当ですか？」

いつも朗《ほが》らかで、プレッシャーとは無縁に見えるのに。

「本当です。――ちょうどその頃、地震があって……。あとで調べたら震度三で大したことなかったんですけど、事務所が五階にあったせいか、けっこう揺れたんです。みんな出払ってたし、不安になって、ぼくはデスクの下にもぐった。――で、自分でもビックリなんですが、そのまま眠ってしまって」

「えぇ！　デスクの下で？」

無言でうなずかれ、私は口元をおさえた。

ネコみたいに丸くなって眠る林さん……。

（うわ〜。カワイイかも！　見たかったよ〜！）

密かに盛りあがる私とは裏腹に、彼はどんよりと顔を曇らせた。

「みんなが帰ってきて、ぼくを見つけて大爆笑。おまけに、上司にスマホで写真撮られて、待ち受けにされちゃったんですよ」

（うそ！　その写真、私もほしい！）

彼は片手で顔をおおった。

「データを削除《さくじょ》してもらうのに、三ヶ月かかりました」

（え〜。消しちゃったの？　もったいない！）

悔しがる私に気づかず、林さんは虚《うつ》ろな眼差《まなざ》しで遠くを眺めた。

「記憶も一緒に消せたらいいのに……。あれ、なんでこんな話になったんだろう？」

不思議がっている間に電車が減速し、彼がおりる駅に着いた。

「すみません。変な話をして」

「いいえ。楽しかったです」

「しまった。自分から進んで失敗談を披露してしまった」

林さんはホームにおりると、かなり真剣な表情で言った。

「今度は佐倉さんの失敗談をきかせてください。絶対ですよ」

私が返事をする前に、扉が閉まった。


その日の十時三十分。支店の固定電話が鳴った。

取りあげた受話器の向こうから、男性の声が響いてくる。

『もしもし、《元祖めだまや》だけど』

「あ……」

「昨日は申し訳ありませんでした」と言いそうになり、口をつぐむ。迷惑をかけたのは、《めだま屋》だ。

『なんか、お宅さん、店を間違えて集金したんだって？　さっき道で偶然向こうの店主に会って、散々イヤミ言われたよ』

向こうとは、《めだま屋》のことだろう。店名を口にしたくないのだろうか……。

『あんたらのミスのせいで、こっちは不愉快な思いをさせられた。どうしてくれるんだ』

どうと言われましても……。

「申し訳ありません」

謝るしかない。そしてこの場合、返ってくる言葉は決まっている。

『謝ってすむ問題じゃないだろ。約束していた日に集金にこなかったし。もう払わなくていいよね』

（！）

色々あって、すっかり失念していた。誤って《めだま屋》にいったということはつまり、《元祖めだまや》との集金の約束をすっぽかしたことになるのだ。

「す、すみません。すぐに担当に連絡を取り、折り返し——」

相手はなにも言わず、途中で電話を切ってしまった。

（マズい！）

慌てて森永さんのスマートフォンに電話する。数コールでつながった。――が。

『――』

声がきこえない。

「もしもし？」

『――』

無言だ。運転中だろうか。かすかに雑音がきこえるような気もする。「一度切ってかけ直します」と言おうとしたら、通話が切れた。

「？」

数分後にかけ直したけれど、まったく同じことが繰り返された。

（つながっている……よね？　どうしたんだろ？）

首をひねっていると、支店の扉がノックされた。

「こんにちは。今日も寒いね～」

六十代くらいの、作業服を着た男性が入ってくる。色黒で、白髪と顔のシワが目立つ。このビルの管理人、出口《でぐち》さんだ。彼は消防士だったそうで、動きが俊敏かつ力もちだ。豪雨の日には、土嚢《どのう》をかついで走り回っていた。かと思えば、ちょっとお茶目な一面もあり、秋の避難訓練では非常口のそばに立ち、「こちらが出口です。私も出口です」と、寒いギャグを飛ばしてみんなを誘導していた。

私が始発電車で出勤する頃、出口さんはちょうど表のシャッターを開けている。毎朝挨《あい》拶《さつ》をしているうちに自然と親しくなり、昼間支店に私しかいないことを知ると、見回りの際に寄ってくれるようになった。

「かわったことないかい?」

森永さんの様子が変です。とは、言えない。

「大丈夫です。ありがとうございます」

「来月――二月十八日に、ビルの窓ふきをやるよ。窓の外で業者の人がぶらさがっていても、びっくりしないようにね。あと、作業しやすいように、窓は全部閉めておいて」

連絡事項を伝えると、彼は廊下《ろうか》へ続く扉を開けた。出ていこうとして、立ち止まる。

「そういえば、非常階段にいるの、ここの男の人じゃないかな?」

「え?」

「いやなに、さっき見かけてね。二時間くらい前に掃除《そうじ》した時も同じ場所にいたから、気になって」

二時間くらい前といえば、朝礼が終わって営業さんが支店を出た頃だ。

（まさか……）

出口さんを見送り、私も廊下へ出た。非常階段をのぼって、一つ上の踊り場へいく。狭い空間の隅っこに、座りこんでいる男性の後ろ姿が見えた。営業カバンを座布団《ざぶとん》のごとく床に敷き、膝を抱えて三角座りをしている。

「も……りなが、さん？」

恐る恐る呼びかけると、ビクッと背中が震えた。

体勢を崩してこちらを向いたのは、やはり森永さんだった。営業にいったと思っていたのに、ずっとここにいたのだろうか。

（なんでこんなところに？　……やっぱり変じゃない？）

「クレーム、ですか？」

彼に問われて、私は我に返った。

「あ……、はい。《元祖めだまや》さんから。スマホに電話したんですけど……」

「すみません。気がつかなくて」

私は辺りを見回した。タバコの吸殻《すいがら》や飲食したあとはない。原稿依頼書を書いていたわけでもなさそうだ。

「なにしてたんですか？」

「ちょっと……………考え事です」

二時間が、ちょっと？

「大丈夫ですか？　疲れてるんじゃないですか？　もし眠いようなら、支店のソファで横になっていったらいいですよ。私、誰にも言いませんから」

デスクの下や運転中に眠ってしまうよりマシだろう。

森永さんは微笑《ほほえ》んだ。たれ気味の目が、糸のように細くなる。

「大丈夫です」

「でも……」

「大丈夫、大丈夫」

彼はそう繰り返したけれど、全然大丈夫ではなかった。

《元祖めだまや》の店主は、森永さんに会ってくれなかったのだ。電話をかけてもすぐ切られてしまい、謝罪させてもらえない。

そして森永さんの様子は、急激におかしくなっていった。私が彼のデスクに近寄ると、すっと席を立ち、外へ出ていってしまうのだ。廊下で偶然鉢合《はちあ》わせた時は、回れ右をして駆けだしていってしまった。また、電話が無言で切れる回数が増えた。本人は「スマホの調子が悪いのかな」なんて言っているが、故障というより故意に切られている気がした。

他にも、契約書の裏にガムがべったりと張りついていたり、私のデスクにゴミを置いたり……。


「デスクにゴミ?」

林さんが目を丸くする。

毎度おなじみ、朝のホームだ。

「それは、ちょっと……ひどいですね」

「まぁ、コピーミスした紙をくしゃくしゃに丸めたもので、生ゴミとかじゃなかったんですけど」

飲み残しが入ったペットボトルをのせてくるヤツもいたし。

林さんは、生真面目《きまじめ》に首を横に振った。

「そういう問題じゃないでしょう。間違いなく彼なんですか?」

念のため、個人名は伏せて話している。私は強くうなずいた。

「はい」

それは、朝礼が終わったあと、私がトイレにいっている数分間の出来事だった。当時、支店に残っていたのは森永さんだけで、私がトイレから帰ってきたら、もう出かけていた。そしてデスクには、なかったはずのゴミが置かれていたのだ。推理するまでもなく、犯人はわかる。

「でも、ゴミくらい、カワイイもんですよ。昨日なんか、彼のデスクの下からパン――」

慌てて口をつぐむ。林さんが横からのぞきこんできた。

「パン?」

「いえ、なんでもないです」

言えない。

支店の掃除をしていたら、森永さんのデスクの下から男性用のパンツが出てきた、なんて――。ちなみに、ズボンではなく下着のパンツだ。白のブリーフ。

デスクの右側にある三段の引き出しの下――床との距離、約二十センチメートル――に、ホウキを突っこんでかきだしたら、ホコリと一緒に出てきた。たまにサンダルや雑誌を置いている人がいるが、下着は初めてで、十秒くらいかたまってしまった。その後、我に返り、とりあえず元に戻しておいたけれど……。

支店内の掃除は、窓ふき以外は私がやっている。それを知っていて――。

「嫌がらせ……?」

つぶやいたら、胃の辺りが重くなった。森永さんのものとは限らないし、誰が置いたかもわからないが……。

「私、嫌われてるんでしょうか。ミスを指摘してばっかりいるから、ウザいとか」

林さんが、手を振る。

「いや、ミスの指摘は必要です。有難いですよ、逆に」

確かに。

本社では毎月契約書の本社控え分をチェックしており、記入ミスの件数、内容、担当者名を全支店に公表する。私が指摘しなければ、本社と支店長の両方から怒られる。みんなもそれを知っているから大人しく修正してくれるし、お礼を言ってくれる人もいる。

「じゃあ、なんだろう。気に障《さわ》ることしたのかな」

思い当たるフシがない。記憶を探っている間に電車がきて、林さんと二人で乗りこんだ。

「確証はないですけど……」

つり革につかまり、彼が言った。

「強いストレスを受けてパニックに陥《おちい》っているとか……、精神的なもの……じゃないでしようか?」

「え?」

「人によって症状は違うようですが、精神的に不安定になると、集中力が低下してミスを繰り返したり、普通にできていたこと……電車に乗るとか、お金の計算なんかができなくなることもあるってききました」

「お金の計算……」

そういえば、彼は集金の合計金額を何度か間違えていた。

(ただのミスじゃなかったのかな?)

急に不安になってきて、林さんを見あげる。

「どうしたらいいんでしょう」

「まだ決まったわけじゃないですから……。とにかく、病院でみてもらうのが一番だと思います。佐倉さんは、彼のストレスが減るようにサポートしてあげたらいいかもしれません。無理のない程度に、ですけど」

電車が停止し、扉が開く。林さんが「あ」と声をもらした。

「佐倉さんの失敗談、またききそびれてしまいました」

ここ数日、何度かリクエストされているけれど——。

私はにっこりと笑った。

「早くおりないと、閉まっちゃいますよ」


（サポートかぁ）

同日、十五時。急ぎの仕事がひと段落し、私は他社と共用の給湯室でお湯をわかしていた。

（本人に避けられてるから、難しいな〜）

カップにカフェオレの粉を入れていると、スマートフォンが鳴った。相手を確認せず、電話に出る。

「はい。K支店、佐――」

『佐倉さん！』

きき覚えのある声だ。

「森永さん？」

『助けてください！』

避けられていた相手から、まさかのサポート要請が……。

（キター！　嫌われてるわけじゃなかったのかも！　よかった～！）

――と、喜んでみたものの、要するに、トラブル発生だ。

約二十分後。支店内にある来客用のソファに、二人の男性が並んで腰かけていた。《元祖めだまや》と《めだま屋》の店主だ。双方、できるだけ距離を空け、そっぽを向いている。どちらも三十代くらい。短い髪に四角い顔、中肉中背……。

（確か従兄弟《いとこ》だったよね。似てる）

向かって右の男性は、白地に黄色の文字で大きく《元祖めだまや》と書かれたトレーナーを着ており、左の男性は、黄色地に白文字で《めだま屋》と書かれたトレーナーを着ている。

（ある意味、わかりやすい……）

しかし、なぜ二人が支店にいるのかは、わからない。

森永さんは彼らと向かい合う形でソファに腰かけ、先程からずっと無言だ。

私はローテーブルに三人分のお茶を置き、森永さんにささやいた。

「すみません。ちょっと……よろしいでしょうか」

彼は立ちあがり、二人に言った。

「申し訳ありません。すぐ戻りますので」

廊下《ろうか》へ出ると、私は森永さんを給湯室へ連れていった。

「なにがあったんですか？」

「えっと……」

しどろもどろの説明によれば、彼は今日、《元祖めだまや》の前で店主が出てくるのを待っていたそうだ。

「そうでもしないと、謝罪できないと思って……。一時間くらい待っていたら店主が出てきて、話しかけることができたんです」

だがそこへ、運悪く《めだま屋》の店主が通りかかった。彼は集金ミスの件を蒸し返し、《元祖めだまや》が森永さんを使ってウチから広告料を騙《だま》し取ったと言いがかりをつけたらしい。二人は口論になり、あげく森永さんに、「元はと言えば、お前のせいだ。どうしてくれる」とつめよった。弱った彼は私に助けを求め、二人を支店に連れてきたのだ。

私は、ズキズキ痛みだしたこめかみに指をおしあてた。

「そんな……。連れてこられても、困ります」

サポート対象外だ。一介《いっかい》の事務員の手に余る。頼りになるかはさておき、支店長を呼んだ方がいいだろう。どうせ報告しなければならないし。

森永さんはペコペコ頭をさげた。

「ごめんなさい。場所をかえたら冷静になるかと思ったんです」

ガシャンと、大きな音が支店の方向からきこえてきた。「なんだと！　もういっぺん言ってみろ！」という怒鳴り声も。

「効果なかったみたいですね」

私は駆けだした。支店の扉を開けると、二人が立ちあがり、互いの胸倉《むなぐら》をつかんでいた。ローテーブルの位置が大幅にずれ、湯飲みが倒れている。

「お前が元祖だなんて、ふざけんなよ！　オレのレシピ盗んでつくった料理だろ！」

「誰が盗むか！　あんたの厚焼きたまご、甘すぎだ！　砂糖じゃりじゃりのお菓子かよ！」

「そっちこそ、たまご硬すぎだ！　火加減わかってねぇんだろ」

「黙れ、こら！」

「やるか！」

こぶしを振りあげる。

「やめてください！」

私は白地のトレーナー――《元祖めだまや》――の店主の腕をつかんだ。森永さんは《めだま屋》の店主を止めてくれる……と思いきや、二メートルほど離れた場所で両手を広げ、おろおろしていた。

「おおおお、落ち、落ち、落ち、着、いてッ」

（あんたが落ち着け！）

　カミすぎだ。

「はなせよ！」

《元祖めだまや》の店主に肩をおされ、私は床に尻もちをついた。

「いたっ」

「佐倉さん！」

　森永さんの悲鳴と同時に、勢いよく支店の扉が開いた。

「なにやってんのよ！」

　ショートヘアの女性が入ってくる。《元祖めだまや》の店主が目を丸くした。

「サエコ。どうしてここに？」

「よっちゃんが、お店からあんたたちのやり取りを見ていて、私に教えてくれたのよ」

　サエコと呼ばれた女性の後ろから、もう一人女性が入ってくる。ロングヘアで、華奢《きゃしゃ》な身体《からだ》に大きなお腹をしていた。

（妊婦《にんぷ》さん……。《めだま屋》の奥さん？）

「もう、やめてよ」

ほとんどききとれない細い声で、ロングヘアの女性が言った。

「怒るなら、私にして……。私が、よく確認せずにお金を渡してしまったから」

「よっちゃんのせいじゃないわよ！」

サエコさんが断言し、床に座りこんでいる私に近づいてきた。

「大丈夫？」

手を引っ張られ、立ちあがる。森永さんはといえば、やはり二メートルほど離れた場所でおろおろしているだけだ。

「いい加減にしなさいよ」

サエコさんが腰に手をあて、店主たちをにらむ。

「ギャーギャー騒いで、恥ずかしい。ここまでくると、ただのクレーマーだよ」

そのとおりです！

私はうっかりうなずいてしまった。幸《さいわ》い、誰にも気づかれなかった。

「さっさとお金払って、終わらせよう」

彼女が、肩にかけていたカバンから財布《さいふ》を取りだす。《めだま屋》の店主が顔をしかめた。

「でしゃばりやがって。お前、いつもそうだよな。店だって、本当はオレとアキオでやるはずだったのに、お前が割りこんできてさ。気づいたら結婚して、夫婦で開店することになってて」

「なによ──」

サエコさんの声に、《元祖めだまや》の店主の声が重なった。

「なに言ってんだ。お前が先によっちゃんとつきあいだして、打ち合わせにこなくなったんじゃないか。デート優先してさ。たまご料理より焼肉屋がいいって言ってたし……。興味なくしたと思うだろ、普通」

「なんだよ、それ。勝手に判断するなよ。オレに確認してくれたらいいだろ」

「だから！　確認しようとしたけど、打ち合わせにこなかったろ！」

「オレのせいかよ！」

「だって──」

「う、る、さーい！」

突然、部屋中に高い声が響き渡った。

ロングヘアの女性──よっちゃん──が、真っ赤な顔でプルプル震えていた。彼女は両目に涙をたたえ、こぶしを握って訴えた。

「も、もうすぐ赤ちゃん生まれるのに、いつまでもこんな、子どもみたいな喧嘩《けんか》……、ヤだ。昔のように、みんなで仲良くしたい――うぅ」

突然、前屈みになって、お腹をおさえる。

「よっちゃん？」

「大丈夫ですか？」

サエコさんと私が彼女に駆け寄る。よっちゃんは、その場に膝をついた。

「痛いの？　もしかして、生まれそう？」

サエコさんの問いに、彼女は答えない。目を閉じ、額には汗がにじんでいた。

「ちょっと！」

サエコさんが振り返り、《めだま屋》の店主に尋ねた。

「予定日いつなの？」

「え？　えっと……あの……」

「まさか、知らないの？　もう！　くだらない喧嘩なんかしてるからだよ！　よっちゃんと赤ちゃんになにかあったら、あんたたちのせいよ！」

二人は、雷に打たれたように立ちすくんだ。

「ほら！　車回してきて。南側のコインパーキングにとめてあるから！」

サエコさんは《元祖めだまや》の店主に車のキーを投げ、《めだま屋》の店主に叫んだ。

「あんたは病院に電話して！　ボーッとしてないで、さっさと動け！」

一人が廊下《ろうか》へ飛びだし、もう一人がポケットからスマートフォンを取りだす。

私はサエコさんと二人でよっちゃんを支え、エレベーターで下へおりた。到着した車の後部座席に、彼女を乗せる。隣に《めだま屋》の店主が座った。

「ありがとう」

サエコさんが私に礼を言い、助手席のドアを開けた。運転席には、《元祖めだまや》の店主がいる。私はサエコさんに言った。

「お気をつけて。無事に生まれるといいですね」

「うん。支払いは後日必ず。また連絡するから」

手を振り、サエコさんは、今出てきたばかりのビルの出入り口に視線を投げた。

「あなた、早く戻った方がいいかも」

「え？」

「背の高い男の人、倒れてたでしょ」

「は？」

振り返り、ようやく気づく。

森永さんが……いない。

「あの人、よっちゃんが苦しみだした途端、白目むいて、くたくた〜っと……」

マジですか!


パイプイスに腰かけ、病院の売店で買った栄養ドリンクのキャップをひねったら、森永さんがむにゃむにゃとつぶやいて目を開けた。

「あれ?」

ベッドのそばに座っている私を不思議そうに眺め、しばし考えたのち、彼は両手で顔をおおった。

「あ〜。やっちゃいましたか」

「大丈夫ですか? 森永さん、倒れちゃって……。全然起きなかったので、救急車を呼んでしまいました。お医者さんはただの貧血《ひんけつ》だって言ってましたけど……」

「平気です」

森永さんは、もそもそと上半身を起こした。

「あの妊婦さんは……？」

「無事生まれたそうです。女の子」

サエコさんから支店に報告の電話があった。支店を留守にする場合、かかってきた電話は、私がもっている会社支給のスマートフォンに転送されるようなっている。だから、この病院で彼女からの電話を受け、話をきくことができた。

「あの四人、小さい頃から仲良しだったらしいです。本当は、今の店主二人でお店を始めるつもりが、色々行き違いがあったみたいで……」

まず、《めだま屋》の店主がよっちゃんとつきあい始め、開店準備をサボるようになった。《元祖めだまや》の店主は、一緒にやるのがイヤになったのだろうかと悩み、サエコさんに相談しているうちに、こちらもつきあうようになった。その後結婚し、二人でお店を開こうとしていたら、連絡が途絶えていたかつての相棒が、勝手に《めだま屋》をオープンさせたのだ。以前計画していた内装や考案したレシピを、そっくりそのまま使って……。《元祖めだまや》の店主は驚いて話し合いにいったが、喧嘩わかれに終わった。そして、このまま引きさがれるかと自分も店をオープンし、以来二人はいがみあってきた。

「でも、今回の一件でこりたみたいです。《めだま屋》さんは、店名を生まれてきた女の子の名前にかえるって言ってました」

その名も、定食屋《みやび》。

「《元祖めだまや》さんは、広告料を払うと約束してくれました。よかったですね。――あ、川原支店長には、もう報告してあります。なかなか電話が通じなくて、メール送信しても返事こないし……。さっきようやくつながったんですよ」

多分、映画館にいて、スマートフォンの電源を切っていたのだろう。よくあることだった。

「こちらへくるって言ってました。森永さんのご自宅にも連絡しておきましたよ。奥さんが迎えにきてくれるそうです」

森永家は夫婦共働きだ。奥さんは、どうしても抜けられない会議があるとかで、少し遅くなると言っていた。時刻は十八時をすぎている。

うつむいて私の話をきいていた森永さんが、再び両手で顔をおおった。肩が震え、嗚咽《おえつ》がもれてくる。私は、驚いて立ちあがった。

「どうしました？　どこか痛いですか？」

「いいえ」

彼が首を横に振る。

「ぼく、ダメ人間で……すみません。いつも迷惑ばかり」

「こちらこそ。なにか不愉快な思いをさせてしまったでしょうか？」

「えっ？」

私の問いに、森永さんが顔から手を外した。

「不愉快だなんて、全然……」

「だって、森永さん、私を避けてたでしょう？　嫌われてるのかなぁって」

彼の顔が赤くなる。

「あ、あれはっ……。失敗ばかりで参ってしまって。だんだん佐倉さんが、クレームやミスを告げる使者みたいに思えてきて……。不吉《ふきつ》で、つい……」

不吉って……。私は黒猫ですか？　道を横切るとあなたが不幸になる、とか。

森永さんは、髪をかきむしった。

「申し訳ないです。佐倉さんは助けてくれてるのに……。ぼくは本当にダメで、なにをやっても上手《うま》くいかない……。新人の子が辞めたのだって、ぼくのせいで」

「え？　あれは――」

戸惑う私に、森永さんが片手をあげた。

「柚木くんじゃないです。他に、三人いたんですよ。小池《こいけ》くんと、馬場《ばば》くんと……谷崎《たにざき》さん」

最後の名前にきき覚えがあった。柚木くんが「入院している」と言っていた人だ。

「谷崎さんは、女の子だったんです。ぼくは、課長たちと交代で教育係をやっていました。ある日、ぼくと彼女で営業に出た時、駐車場でバックしていて、塀《へい》に車をぶつけてしまったんです」

谷崎さんは、助手席に座っていたという。

「ぶつかった衝撃は、ぼくには大したことないように思えました。塀に目立ったキズはなかったし、車も少しへこんだだけ……。谷崎さんも平気だと言ったので、そのまま営業にいったんです。でも次の日、親御さんが支店におしかけてきて……」

「事故にあったのに、娘を病院にもいかせず、夜の八時まで外回りをさせた」「どういうつもりだ」と、怒ったらしい。

「谷崎さん、本当は首が痛かったそうです。ケガはすぐ治ったのですが、車に乗るのが怖いと言って、会社を辞めてしまいました。ウワサによると、その後、外にも出られなくなり、入院してしまったとか」

返す言葉が思いつかなくて、私は黙っていた。

「他の二人も、ぼくが支店長に毎日怒鳴られてるのを見て、いつか自分もああなるのかと思うと気が滅入《めい》るって……、辞めてしまいました」

「それは、森永さんのせいじゃ――」

言いかけて、ハッとする。同じようなセリフを、つい最近きいた。柚木くんから会社を辞めるというＦＡＸが届いた日。非常階段で、森永さんが私に言ったのだ。

『気にすること、ないですよ』

『佐倉さんのせいじゃ、ないですから』

あれは、彼が誰かに言ってほしかった言葉だったのかもしれない。

私は両手を膝に置き、大きく息を吸った。

「森永さんのせいじゃないですよ。絶対」

「――」

彼の頬が震えた。目から再び大粒の涙があふれだしてくる。

「ありがとう……ございます」

ズズッと鼻水をすすり、手の甲で涙をぬぐう。耳が赤い。

「みっともない……。すみません。やっぱり、ぼくはダメ人間で……」

「いいえ、違います」

私は身を乗りだした。

「森永さんはダメじゃありません。もしかしたら、その……病気……みたいなもの……じゃないでしょうか？」

「？」

森永さんが動きを止める。

「だって、変ですもん。いくら名前が似てるからって、営業にいったお店を間違えるなんて……。それに、非常階段でボーっとしてたり、私から逃げたり……。どこか具合が悪いんじゃないですか？　一度、病院でみてもらったらどうでしょう」

「……はぁ」

森永さんは、戸惑いつつも、こっくりとうなずいた。

数日後。森永さんはうつ病と診断され、しばらく会社を休むことになった。

さらに柚木くんについては、母親から本社に「退職する」と連絡があったそうだ。

「……」

早朝のホームに立ち、私は薄暗い空を見あげた。

（この会社で、私はいつまで働けるかな……）

「おはようございます、佐倉さん。今日も寒いですね」

声をかけられ、横を向く。林さんが、穏やかな笑顔を浮かべて立っていた。

私は両目を細めた。

「おはようございます」

大丈夫だ。ちゃんと笑える。きっと、今日も頑張れる。

第五章

続、働かないものは去れ

二月十六日、十二時三十五分。コンビニ弁当を一口食べたところで、会社支給のスマートフォンが鳴った。表示された名前に、顔をしかめる。

「木村《きむら》主任だ。もー。この人、なんでいっつも昼休みにかけてくるかな？」

しぶしぶ電話に出る。以前、スポンサー様のクレーム対応を優先していたら、きっちり一分おきに十回かかってきたことがあるのだ。用件は「オレの名刺、発注しといて」で、少しも急ぎではなかった。

「お疲れ様です。佐倉《さくら》です」

『お疲れ様。そっちの調子はどう？　みんなかわりない？』

木村主任は、二月一日から出張でG支店にいっている。G支店は、私が勤めているK支店と同じく、東海地方にある。ただし、通うことはできないので、向こうの社員寮に宿泊している。期間は一ヶ月の予定だ。

「みんな元気ですよ。ところで、どうしたんですか？　また足りない文房具が出たんですか？」

彼は文房具に強いこだわりがあり、自分が使うボールペンやハサミ、消しゴム、のり、定規《じょうぎ》にいたるまで、一つ一つメーカーを指定してくる。事務用品の通販雑誌は、彼がつけたフセンでいっぱいだ。さすがに他支店でそんな我儘《わがまま》は言いにくいのか、出張にいくと必ず「オレ専用の筆記用具を送ってください」と頼んでくる。

『いや。実は佐倉さんに頼みたいことがあってね』

「なんでしょう？」

『G支店の事務員さんが先月辞めたこと、知ってるかな』

「え？　……いいえ」

初耳だ。元々、I支店の月岡《つきおか》さん以外、あまり交流がない。

『そっか。突然辞めちゃってね。今、新しい人がきてるんだよ。名前は安藤《あんどう》ほのかさん。研修として彼女を一日そちらへいかせるから、事務の仕事を教えてあげてくれないかな』

教える？　入社して半年の私が？

「私、日々の業務をこなすのに精一杯で、他人に教えるなんて、とても……。研修なら本社か、I支店へいった方がいいのではないでしょうか？」

I支店の月岡さんは、確か四年以上勤めている。いつも私を助けてくれるし、適任のはずだ。

『いや、オレは佐倉さんがいいと思って、G支店の中杉《なかすぎ》支店長に推薦《すいせん》したんだ』

（勝手なことを……。ただでさえ忙しいのに）

私の沈黙をどう受け取ったのか、木村主任は朗《ほが》らかに笑った。

『心配しなくても、研修なんてただの名目だよ。彼女、中杉支店長と上手《うま》くいってなくてね。佐倉さんは、彼女のグチをきいて、優しくなぐさめてくれたらいいんだ』

なんですか、それ。

「だったら余計に、私でなくても――」

『ダメダメ。佐倉さんでなきゃ』

木村主任が即座に反論した。

『ほら、きみ、いつもクレームを上手にさばいてるだろ？　よその事務員さんは、全部担当者に丸投げしちゃうんだよ。きちんと対応してくれる人って、なかなかいないんだ。あれと同じ調子でさ、彼女のこともなだめてやってほしいんだよ。このままじゃ、一ヶ月たたないうちに辞めちゃいそうだから』

「……はぁ」

『じゃあ、明後日……二月十八日の朝にそっちへいかせるから、よろしくね。《小枝屋《こえだや》》のクリームチーズケーキでも買って、仲良く女子会してください』

《小枝屋》は、支店の近くにあるケーキ屋だ。ＴＶで頻繁《ひんぱん》に紹介されている人気店。通販はしていないので、遠方の人にお土産《みやげ》として買っていくと、非常に喜ばれる。

私は電話を切り、食べかけのコンビニ弁当に目を落とした。

（なんだか、いいように丸めこまれた気がするなぁ……）

まったく、営業さんは口が達者で油断できない。


『Ｇ支店の……あぁ！　《話長すぎ》、中杉支店長ね』

Ｉ支店の月岡さんに電話をかけると、彼女はクスクス笑った。

『朝礼、川原《かわはら》支店長より長いらしいよ』

「マジですか！」

あれを超える者がいるとは、信じ難《がた》い。

『あと、彼が赴任《ふにん》すると、事務員がすぐ辞めちゃうんだって』

「は？」

『有名だよ。私が知る限りでも五人、みんな一年くらいで辞めてる。先月辞めたっていう事務員さん、十年以上勤めたベテランだったのに……、ダメだったみたいだね』

「どうして……。原因、ききましたか？」

『ううん。親しくなかったし、気づいたらいなくなってた。ウワサもまだ入ってこないなぁ。——あ、中杉支店長と川原支店長は、問題児コンビで仲がいいんだよ』

イヤなコンビだ。即刻解消してほしい。

私は改めて尋ねた。

「ところで、研修ってなにをすればいいんでしょう。私、仕事は口頭で教えてもらったから、マニュアルがなくて……。資料つくった方がいいんでしょうか？」

『えー。言われた通り、ケーキ食べればいいんじゃないの？』

「いや、それはマズいでしょう」

ケーキは昼休みに食べるとして、他になにか有意義なことをしないと……。

あせる私に、月岡さんはあっけらかんとして言った。

『佐倉さん、真面目《まじめ》だね〜。大丈夫だよ。一ヶ月もしないうちに辞められたら、部長や常務に管理不足だって怒られるから、少しでも延命しようとしてるだけだって』

延命って……。

『安藤さん……だっけ？　彼女の話きいて、せめてもう一ヶ月頑張れって説得してあげたらいいんじゃないかな？』

　せめてもう一ヶ月？　――短くないですか？

（つまり、月岡さんの中ではもう、彼女の退職は決定なのね？）


「他支店から研修？」

　私の話をきくと、《青い自転車の君《きみ》》こと林《はやし》さんの目が輝いた。

「すごい。佐倉さん、優秀なんですね。研修って本社でするものでしょう？　わざわざ佐倉さんのところへくるなんて」

「いいえいいえいいえ……」

　勘違いさせてはマズいと、私は手を振りまくった。

「違うんです。ただのグチきき係で……」

　ざっと経緯を説明し、ため息をつく。

「ちょっと不安なんですよ。私、この間、柚《ゆず》……新人さんにキツいこと言っちゃって。あれは失敗だったなって」

「そんな……、気にすることないですよ！」

林さんがこぶしを握った。

「佐倉さんはぼくと違って、ちゃんと叱《しか》ったんですから！　彼に、社会人になったら無責任な行動は許されないということを、きちんと教えたんですよ。自信もってください！」

顔が……近い。

「…………はい」

迫力におされ、私はうなずいた。

朝の静かな電車内に彼の声が響いて、数少ない乗客が何事かとこちらを見ている。林さんは我に返った様子で、口をおおった。

「すみません。大声出して」

「いえ。元気出ました。ありがとうございます」

彼が電車をおりると、私はドキドキする胸をおさえた。頰が熱い。

(そっか。あんな風に励《はげ》ませばいいんだな。――よし。研修は、なんとかいけそうな気がしてきた。残りは、柚木くんか……)

実は、彼の件はまだ終わっていない。

母親から本社に「辞めます」と連絡があったあと、私は彼の自宅へ私物を送った。その中に、退職願の書き方や、返却してほしい物を記した手紙も入れておいた。

数日後、郵送で退職願が届いた。しかし、保険証や社員バッジ、社員証は未返却のままだ。彼のスマートフォンに電話し、留守電に「宅配の着払いでいいから、返却物を送ってほしい」とメッセージをふきこんでみたけれど、無反応だ。メールにも応答しない。

(おかげでスッキリしないんだよね。――とにかく、今度の研修は絶対成功させよう！ケーキくらい、いくらでも一緒に食べてやるわよ！)


二月十八日、九時。

そろそろ朝礼が終わるかという頃に、支店の扉がノックされた。入ってきたのは、私と同じ事務員の制服を着て、コートとカバンを手にした女性だった。

「あの、すみません。G支店の安藤ほのかです」

営業さんたちの視線を一身に浴び、彼女は緊張した面持《おもも》ちで頭をさげた。

(うわ～)

私は目を見張った。

（カワイイ〜）

小柄で、くるくると巻かれた長い髪。二重《ふたえ》の大きな目と長いまつ毛、白い肌、つややかなピンク色の唇……。木村主任から、年齢は二十二だときいていた。

（お人形さんみたい）

うっかり見とれそうになり、慌てて私はカウンターまで迎えに出た。

「K支店の事務員、佐倉夏実《なつみ》です。今日はよろしくお願いします」

「こちらこそ。よろしくお願いします」

川原支店長がみんなに安藤さんを紹介し、朝礼は終了した。営業さんたちは明らかに彼女の存在を意識し、「いって参ります！」と大きな声で挨拶《あいさつ》して出ていった。

「じゃ、オレもぼちぼち……」

最後に、川原支店長が私のデスクの前へきて言った。

「安藤くん、研修、頑張ってな」

私の隣にパイプイスを置いて座っていた安藤さんが立ちあがり、「はい」と答えた。

「きみ、本当にカワイイな」

川原支店長が、まじまじと彼女を見つめる。

「さては中やん、顔で選んだな？」

中やんというのは、中杉支店長のあだ名らしい。仲がいいのは本当のようだ。

安藤さんが、ぎこちなく手を横に振った。

「そんなこと……」

「いや、メッチャいいよ。事務員じゃなくて、アイドルになればいいのに」

「──」

安藤さんが、助けを求めるようにこちらを見る。私は壁の時計に視線を走らせた。

「支店長、お時間は大丈夫ですか？」

今日は、東海、北陸地方の支店長のみが集まるエリア会議があり、隣の県へ出張する予定なのだ。

「あぁ、少しなら平気。──いや、もういくわ」

私の非難の眼差《まなざ》しに気づいたのか、彼はそそくさと出ていった。

扉が閉まり、私はホッと息をついた。

「すみません、失礼しました。悪気はないんですよ」

顔で選ばれたなんて、言われて嬉しい言葉ではない。

「いえ」

安藤さんがパイプイスに腰かけた。

「おかげで、よくわかりました」

わかった？　なにが？

彼女は膝の上できゅっとこぶしを握った。

「どの支店長も同じなんですね。下品でバカ」

否定できない。

私は、大急ぎで話題をかえた。

「あ、安藤さんは、いつ入社したんですか？」

「二月一日です。なにかトラブルがあったのか、前の事務員さん、ろくに引き継ぎもせずに辞めてしまって、すッごい迷惑！」

ダムが決壊する勢いで、彼女が話しだした。

「電話で本社に質問しても、専門用語連発でわけがわからないし、営業さんはなにも知らないし、中杉支店長なんか、『簡単でしょ？　なんでこんなことがわからないのか、ぼくにはわからない』とか、私を見下してくるし！」

愛らしい顔で毒舌《どくぜつ》……。なかなかお目にかかれない光景だ。

私は苦笑した。

「最初は、慣れなくて大変だよね。私、緊張のあまりトイレで吐いたよ」

話しながら、デスクに置いていた紙を、安藤さんに渡す。

「とりあえず、一日の作業を時系列で並べてみたの。クレームやトラブルさえ起きなければ、基本、同じことの繰り返しだから、いずれ慣れると思うよ」

やはりケーキを食べるだけではマズいだろうと、昨日急いでつくったのだ。

安藤さんは、紙に目を走らせた。

「えっと……出勤したらまず、前日集金分の回収入力。経理日報の出力。小口現金のチェック。勤怠《きんたい》入力。ゴミ出し。——ゴミ出しって、佐倉さんがやってるんですか？」

「G支店は違うの？」

「はい。営業さんにやってもらってます。だってみんな、古いタウン情報誌を大量に捨てるじゃないですか。私、そんな重いもの運べないから、男の人がやってくださいって頼みました」

「そっかー」

私は妙に感心した。

（できないって言っていいんだ……）

なにも疑問に思わず、台車で運んでいた。

彼女は再び紙に目を落とした。

「社内・社外メールの確認。各地区の売り上げ件数と金額をボードに記入……。これも、ウチの支店では営業さんがやってますよ。自分で把握《はあく》するべきだって」

「え、そうなの？」

どうやら、支店によってやり方がだいぶ違うようだ。

内心で驚いていると、彼女も驚きの声をあげた。

「契約書の記入もれチェック……？　こんなこともやってるんですか？」

「だって、チェックしないと、間違いだらけじゃない？」

「ええ。でも、それって書いた人の責任でしょう？」

「だけど、修正せずに契約書の控えを本社に送っちゃったら、ミスをカウントされて公表されちゃうよ？　あんまり件数が多いと、本社や支店長から怒られるし」

知っているというように、彼女はうなずいた。

「そうみたいですね。だとしても、やっぱり個人の責任でしょう？　事務員は関係ないですよ」

（いや、事務員も一緒に怒られるよ……？）

と思ったけれど、黙っていた。言ったら面倒なことになりそうな予感がした。

彼女は頬にかかった髪を後ろにはらった。

「次は、……広告原稿の管理？　これは、営業さんと原稿製作部の仕事なんじゃないですか？」

「ん〜、放っておいたら、締め切りに間に合わなくなっちゃうから……。発行が延期になったら困るし」

「それ、事務員のせいじゃないですよね？」

そう……かもね。

（確かにその通りなんだけど……、う〜ん）

腕を組み、私は質問してみた。

「じゃあ、安藤さんは、事務員の仕事ってなんだと思う？」

「そうですねぇ……」

彼女は人差し指を唇にあて、視線を宙にさまよわせた。

（いちいちカワイイなぁ）

見とれる私の前で、唇にあてていた指を折る。

「支店の家賃や光熱費の振り込み、見積書、請求書の発行、あと、電話の対応でしょうか……」

（よかった。一応、仕事する気はあるんだ）

安心した瞬間、彼女が「あ!」と叫んだ。

「佐倉さん、昼休みにかかってきた電話って、どうしてます?」

「? 普通に出てるよ?」

他にどうするというのだろう。

「お客様からかかってくる固定電話も、営業さんや本社からかかってくる、会社支給のスマートフォンも、全部出てますか?」

「うん」

「銀行にいってる時も?」

「うん」

事務員は売り上げ用と経費用、二通の通帳をもっており、日に一度、銀行で記帳しなければならない。K支店の前任の事務員さんは、昼休みにお弁当を買いにいくついでにすませていたので、私も同じようにしている。外出時はスマートフォンを携帯し、かかってきたら出る。

安藤さんは唇をとがらせた。

「わかった! それで木村主任、昼休みに電話かけてくるんですね。佐倉さんがOKにしてるから、いいと思って」

「え？」

「ウザいんですよ！　やめてくださいって頼んでも、『休み時間の方がゆっくり話せるでしょ』とか言って……。全然急ぎの用じゃないのに、毎日、毎日……。無視したら一分おきにかけてきて、留守電に『折り返し電話ください』って、まったく同じメッセージを何度もふきこむし。それでも無視してたら、一分おきにメールしてくるし。最初はちょっとカッコイイなと思ってたけど、細かくて、しつこくて、最低ッ！」

「あ……はは」

「研修だって、私、頼んでないのに。中杉支店長のご機嫌を取りたいのか、『自分に任せてください。なんとかしますよ』って、勝手に決めちゃって！　腹立つったら――」

「安藤さん！」

こらえきれず、私は立ちあがった。思いがけず大きな声になってしまい、彼女が目を丸くする。

「はい？」

「………ケーキ買ってあるんだけど、食べる？」

紅茶をいれるため、彼女を部屋に残し、一人で給湯室へいく。

ガスコンロにヤカンを置き、私は天井を仰《あお》いだ。

（想定外だった）

まさか、昼休みに食べようと思っていたケーキを、研修開始三十分で出すことになるとは……。

（ヤバい。あと何時間残っているんだろう。気力、もつかなぁ……）

棚《たな》から紅茶の葉が入った缶とティーカップを取りだしていると、扉のない給湯室の前を誰かが通り過ぎた。

（え？　柚木……くん？）

廊下《ろうか》をのぞいてみる。ダウンジャケットを着て、手に紙袋をさげた男性が、支店へ入っていくところだった。すぐにパタンと扉が閉まる。

（もしかして、返却物をもってきてくれたのかな？　あ、いけない）

部屋には安藤さんしかいない。わけがわからなくてまごまごしているうちに、柚木くんがヘソを曲げて帰ってしまったら困る。私はガスコンロの火を止め、残りはそのままにして、支店へ向かった。扉を開け――。

「あれ？」

すぐ異変に気づいた。

誰もいない。

室内は仕切りがなく、ひと目で奥の支店長席まで見渡せる。柚木くんだけでなく、右手の壁際にある私のデスクにいたはずの、安藤さんの姿もない。

「？」

ひとまず自分の席へいこうとカウンターの横を通り過ぎ、私は驚いて足を止めた。

「柚――」

カウンターの裏側に、柚木くんと安藤さんがいたのだ。安藤さんは床に仰向けの状態で倒れ、目を閉じている。そのすぐ脇に、出刃《でば》包丁をもった柚木くんが膝をついていた。

（出刃包丁をもった柚木くんが――）

脳内で繰り返し、私はヒュッと息を呑《の》んだ。柚木くんは素早く立ちあがり、逃げようとした私の腕をつかんだ。

「動くな！」

目の前にギラギラ光る出刃包丁を突きつけられ、身体《からだ》が硬直する。刃渡りが三十センチメートルはありそうだ。

「声を出すなよ！　大人しくしろ！　いいな！」

そう言う柚木くんの声こそ、興奮しているのか、かなり大きい。いつもボソボソしゃべっていたし、動作も遅かったから、びっくりする。おまけに――。

（太った？）

もともとぽっちゃり体型だったのが、ますます丸くなっている。髪がのび、無精《ぶしよう》ヒゲがはえ、目の下にはクマができていた。

「――」

言われた通り口をつぐみ、私は安藤さんの様子をうかがった。血は……出ていない。かすかに胸が上下し、呼吸しているようだが……。

「おい！」

柚木くんが苛立《いらだ》ったように叫んだ。

「なにか言うことないのかよ！」

いや、あんたが声を出すなっていうからさ……。

私は一番知りたかったことを尋ねた。

「彼女になにをしたの」

「なにも。ただ、扉を開けたらカウンターまで出てきたから、コイツで脅《おど》した」

彼は私の目の前で、出刃包丁を小さく揺らして見せた。

「そしたら、慌てて後ろへ飛びのこうとして、転んで、動かなくなったんだ」

頭を打ったのだろうか。

柚木くんの足元には、紙袋が置いてある。中にガムテープやロープが入っているのが見えた。あれに出刃包丁も入れてきたのだろう。計画的な犯行だ。動機は――あまり知りたくない。

「あのさ」

私は無理に笑顔を浮かべた。

「今ならまだ、『冗談でした』で、すますことができるよ？」

本当はすます気などないが、とりあえず言ってみる。さすがの柚木くんも、騙《だま》されなかった。

「バカにすんなよ。こっちは死ぬ覚悟できたんだ」

彼にそんな覚悟ができるとは驚きだ。スポンサー様のクレームから逃げ、問題を丸投げしたまま会社から逃げ、なに一つまともに立ち向かわなかったくせに。

校了印の偽造が発覚してすぐ、私は彼が担当したすべてのスポンサー様に電話をかけ、校了の確認をした。結果、十七件が未校了だとわかった。タウン情報誌の発行は二ヶ月遅れ、私は全スポンサー様に謝罪の電話をし、発行延期の了解を取りつけた。

（散々迷惑かけといて、この仕打ちはなに？　私、言いすぎたかもしれないけど、ここまでされる覚えはない！）

猛烈に腹が立ってきて、つかのま、出刃包丁の存在を忘れた。

「あらそう。じゃあさっそく、覚悟とやらを見せてください」

ふざけるな。

(こんな、まともに仕事できなかったヤツに、負けてたまるか)

柚木くんは鼻で笑った。

「まず、扉にカギをかけろ。早く!」

私は内心舌打ちした。

(気づいてないと思ったのに……)

彼に飛びかかろうかと悩んだけれど、出刃包丁が頬に触れそうなほど近くにある。

今は諦め、両手をあげて扉まで歩き、カギをかける。彼は右手の出刃包丁を私に突きつけたまま左手でノブを回し、本当にカギがかかっているか確認した。

「よし。次は、あっちの女をロープで縛《しば》れ」

しぶしぶ紙袋に入っていたロープを取りだす。床にのびた人間を後ろ手に縛るのは、けっこう難しかった。作業しながらさり気なく彼女の口元に耳を近づけてみた。呼吸の音がきこえ、ホッとする。

柚木くんは、ロープがきちんと結べているか確かめ、さらに命令した。

「女を、その机にのせろ！」

彼が指さしたのは、十個のデスクをくっつけた《島》――営業さんの席だった。

「なんでわざわざ……」

うっかり文句を言うと、鼻先に出刃包丁が近づいてきた。

「オレのための舞台だ。早くしろ！」

なにかに酔っているのだろうか。

私は苦労して彼女を担《かつ》ぎあげ、《島》に寝かせた。

柚木くんは土足のまま《島》の上にのり、右肩を下にして横たわっている安藤さんのそばにしゃがんだ。右手にもっていた出刃包丁を左手にもちかえ、安藤さんに向ける。そして、《島》の横に立っている私に、あいた右手を差しだした。

「会社のスマホをよこせ。逆らったら、この女を殺す」

（うわぁ、ズルい……）

ポケットから会社支給のスマートフォンを出す。彼はそれを乱暴に奪い取った。

「画面ロック解除のパスワードは？」

私が答えると、柚木くんは、顎《あご》で支店長席の方向を示した。

「両手をあげて、窓際で立ってろ。――動くなよ。大声を出したり、通報しようとしたら、この女を殺すからな」

言われた通り、窓を背にして立つ。彼はスマートフォンで私と気絶している安藤さん、両方の写真を撮った。安藤さんの写真には、出刃包丁も一緒に写したようだ。その後は胡《あ》坐《ぐら》をかき、油断なく彼女に出刃包丁を向けたまま、ものすごいスピードで指を動かし始めた。

「なにしてるの？」

「お前らの写真を送る」

「だれに？」

彼は、うるさそうに顔をしかめた。

「K支店の全員にだよ！　お前らを殺されたくなければ、今すぐ戻ってきてぼくに謝れって、メールするんだ。散々こき使われたあげく辞めさせられて、次の就職先も決まらない。ぼくの人生は、みんなにメチャクチャにされたんだ！　土下座《どげざ》して謝ってもらわなきゃ、気がすまない！」

「……え。まさか、それだけのために、こんな大それたことを？」

私は心底あきれ、その思いは言葉だけでなく、顔にも出ていたらしい。

彼の額に青筋が立った。

「なんだ、その目は！　殺すぞ！」

「いや、あの……」

「ぼくは本気だ！　全員ここへ並べて、土下座させてやる！　そして、一人ずつ順番に殺していくんだ。最後にはぼくも死んで、おしまいさ！」

なにがおかしいのか、突然ゲラゲラと笑いだす。身をよじらせ、よだれをたらし、酔っぱらったように甲高《かんだか》い声を響かせ……、しまいには涙まで流し始めた。左手から出刃包丁がすべり落ち、安藤さんに突き刺さるのではないかとハラハラする。

（まさか、違法な薬物でもやってるんじゃないでしょうね……）

先ほどの「負けてたまるか」という気持ちが薄れ、恐怖がわきあがってくる。その時、支店の扉がノックされた。

柚木くんがピタリと笑いを止め、改めて安藤さんの首に刃先を近づけた。

「声を出すな！」

超小声で命じられ、私はうなずいた。再びノックの音がし、廊下《ろうか》側からノブが回された。カギがかかっているため、当然開かない。

「佐倉さん、いる？」

（出口《でぐち》さんだ！）

時計の針は十時三十分を示している。ビルの管理人である彼が、いつも見回りの途中で寄ってくれる時刻だ。中で起きていることを伝えたかったが、よい方法を思いつかなかった。

「いない……かな？」

さらにもう一度ノックし、出口さんの足音は遠ざかって消えた。私が留守にしていることもあると知っているため、異変には気づかなかっただろう。

柚木くんはフンと鼻を鳴らし、スマートフォンの操作を再開した。

「あのさ」

私は遠慮《えんりよ》がちに声をかけた。

「今月、みんな遠方の地区を担当してるから、すぐには戻ってこられないと思うよ。支店長はエリア会議で県外に出てるし、木村主任はG支店に出張してるし、森永《もりなが》さんは休職中なの。全員集めるの、大変じゃないかな」

「だからどうした」

彼は唇をゆがめた。

「時間なら、たっぷりある。――あぁ、そうだ。タイムリミットを決めて、間に合わなかったらあんたを殺すっていうのはどうだろう」

（イヤなヤツ～）

これ以上話をするのが苦痛になり、私は口を閉じた。

（ずっと両手をあげてるのって、疲れる……）

どれくらいたっただろう。すぐ後ろの窓から、コツコツと小さな音がした。

なに気なく振り返り、叫びそうになる。

向かって右端の窓の外に、出口さんの顔があったのだ。その窓の隣は壁になっており、そちらから顔を半分のぞかせている状態だった。私が気づいたと知ると、彼は唇に指をあて、壁の向こうへ顔を引っこめた。

（びびび、びっくりした……！）

バクバクいっている心臓をなだめながら、柚木くんをうかがう。彼はメールを打つのに夢中で、こちらを見ていなかった。

私は懸命《けんめい》に頭を働かせた。おそらく出口さんは、どうにかして外壁をよじのぼり、壁に身体を隠しつつ窓からこちらをのぞいたのだろう。

（どうやって？）

ここは七階だ。ビルの外壁に、つかまれるような突起やくぼみはないはず。ベランダもついていない。

（っていうか、なんで私のピンチがわかったの？）

消防士だったというから、危険に対して敏感なのだろうか。

コツ……と、かすかな音がして、私は柚木くんに注意しながら振り返った。

再び出口さんが顔をのぞかせていた。彼は軍手《ぐんて》をはめた人差し指で、ある方向を示した。

（窓のカギ……あ！）

彼がどうやってここへきたか、わかった。登ったのではなく、おりたのだ。

（今日は、窓ふきの日だ！）

先月、出口さんが教えてくれた。きっと、業者が使う道具を拝借したのだろう。今の合図は、窓のカギを開けろという意味に違いない。

しかし、動こうとした矢先、運悪く固定電話が鳴り響いた。

「！」

柚木くんが顔をあげ、私を見る。

「出るなよ。動くな」

何度か呼びだし音が響き、やがて静かになった。この電話のせいで、彼の意識はスマートフォンから私に移ってしまった。

「さて、何人駆けつけてくると思う？」

メールを送信し終え、柚木くんはニヤニヤと笑った。

「川原の野郎は、絶対こないだろうなぁ。いや、全員に無視されちゃったりして。佐倉さんって人望ないでしょ。他人のミスばっかり指摘してウザいし、融通利《ゆうずうき》かないもんね。ぼくのことも見逃してくれなかった。ちょっと黙っててくれるだけでよかったのにさ。佐倉さんのせいでみんなに責められて、ひどいめにあったよ」

さすがにカチンときた。

「また人のせいにして……。あんた、いつもそう。スポンサー様から、広告が頼んだ通りに修正されていないとクレームがきた時は、相手の指示の出し方が悪いと言い、打ち合わせ中に居眠りしていたと怒られた時は、見間違いだと言った。――本当のことかもしれない。……けど、他の営業さんは、たとえ自分が悪くなくても、まず謝ってくれる。『クレーム出してごめん』『対応してくれてありがとう』って。あんたには、それがなかった」

ただ、自分の正当性を主張するばかりで……。

「ハッ」

柚木くんが横を向き、ツバを吐いた。

「『私に感謝しなさい』ってか？　偉そうに。何様だよ！」

私はかまわず続けた。

「校了印の偽造は、私にプレッシャーをかけられたせいで、今は、支店のみんなのせいで人生をメチャクチャにされたと言ってる。いい加減、誰かのせいにするのはやめて、自分で責任とったら、――ボクちゃん？」

最後の一言に、柚木くんの顔が赤く染まった。目が血走り、食いしばった歯の間から獣のようなうなり声がもれる。

「黙れ、貴様ッ！」

安藤さんに向けていた出刃包丁《でば》を、私に向ける。

瞳に明確な殺意が宿っていて、私はあとずさった。背中が窓にぶつかる。

「殺してやる――！」

彼が一歩踏みだそうとした瞬間、ピロロロ～ンと間の抜けた音が響いた。右手にあるスマートフォンからだ。

（メール着信の通知音……）

ピロロロ～ン、ピロロロ～ン、ピロロロ～ン……、立て続けに鳴る。一度の着信につき一回しか鳴らないように設定しているから、何通も届いているのだろう。

気勢をそがれたのか、柚木くんは舌打ちしてスマートフォンを見た。その目が大きく見開かれる。

「え……、うそだろ。なんで……？」

（今だ！）

そのスキを、私は見逃さなかった。窓のカギに飛びつき開錠《かいじょう》、さらにガラスを横にすべらせる。

「！」

冷たい風とともに、隠れていた出口さんが室内に飛びこんできた。彼は自分の腰につけていたロープを一瞬で外し、床を一蹴《ひとけ》りして《島》にのった。驚いた柚木くんが、右手のスマートフォンを投げつける。出口さんの肩に命中したが、彼はひるまなかった。出刃包丁を握っている柚木くんの左手首をつかみ、安藤さんから引き離す。離れたところで、力をこめて手首を締めあげた。

「いてっ」

出刃包丁が下へ落ち、出口さんはそれを《島》の外へ蹴飛ばした。もちろん、安藤さんや私にあたらない方向へ、だ。

続いて柚木くんの左腕を背中の方へひねり、おし倒して、《島》の上にうつ伏せの状態で寝かせた。仕上げに、彼の腰の辺りを膝でおさえつける。

「大丈夫ですか？　警察と救急車を呼んであります。じきに到着するでしょう」

声をかけられ、窓辺でかたまっていた私は我に返った。
「安藤さん！」
《島》へ駆け寄り、彼女を縛《しば》っていたロープをほどく。安藤さんは、「ん〜、もうちょっと……」とつぶやいて、寝返りを打った。無事のようだ。
（よかった……。あ）
床にスマートフォンが落ちている。出口さんの肩にあたって、《島》の外まで飛んだのだ。拾いあげ、電源ボタンをおす。幸い、壊れてはいなかった。
いったい柚木くんは、なにに気を取られたのか……。
メールを確認し、私は呼吸を止めた。
『柚木様。ごめんなさい。すぐにいきます』（一之瀬《いちのせ》さん）
『いくらでも謝罪するので、命は取らないでやってください』（母良田《ほろた》代理）
『女性に手をだすな。オレが相手だ』（木村主任）
『思い直せ。後悔するぞ』（川原支店長）
『とにかく待て！』（兼田《かねだ》課長）
『落ち着いて。話せばきっとわかります』（森永さん）
そして、それぞれ写真が添付されていた。室内だったり、道端だったり、駐車場だったり……でも、みんな同じ光景だ。

営業さんたちが、土下座《どげざ》をしている。

（兼田課長に休職中の森永さん……川原支店長まで！）

背後に見物人が写りこんでいるもの、誰かに撮ってもらったのか、きっちり真ん中におさまっているもの、上手《うま》く自撮りできず、半分しか写っていないものもある。でも確かに全員が、私と安藤さんのために頭をさげていた。

「みんな……」

目頭《めがしら》が熱くなる。私は両手でスマートフォンを握り、胸におしあてた。

「ありがとう……ございます」

「ちくしょう」

柚木くんの悔しげな声に、顔をあげる。彼は出口さんにおさえつけられたまま、奥歯をかみしめていた。

「なんなんだよ。ぼくがなにしたっていうんだよ」

なにって……悪いことをしたのだ。

（それすら、わからないの？）

やり直すチャンスならあった。支店へ戻るなら受け入れると言ってもらっていたはずだ。

あの時、真摯《しんし》に反省していれば……。

(けれど柚木くんは、反省するかわりに出刃包丁を向けた)

私は柚木くんに近づき、静かに言った。

「この間も言ったけど、ここは会社で、働く場所なの。だから――」

指を突きつけ、以前と同じセリフを繰り返す。

「働かない者は去れ」

川原支店長と営業さんたちに無事を報告していたら、警察と救急車が到着した。そのあとのことは、よく覚えていない。気づいたら警察で事情をきかれ、駆けつけてきた川原支店長と飛田《とびた》部長、中杉支店長にも同じ説明を繰り返した。飛田部長と中杉支店長はエリア会議に出席しており、柚木くんが川原支店長に送ったメールを見たのだ。

安藤さんにケガはなく、母親が迎えにきて家へ帰った。

私は、事件のことを両親に説明したいという部長たちの申し出を丁重に断り、支店へ戻った。森永さんを含む営業さん全員が出迎えてくれ、改めてお礼を言った。

こうして、絶対成功させようと思っていた研修は、メチャクチャのまま幕を閉じた。

私の推測どおり、出口さんは窓ふき業者の道具を借りて、屋上からおりてきたらしい。

彼は「消防訓練で、高いところには慣れてるんだ」と、笑っていた。

それにしても、なぜ私のピンチがわかったのか……。尋ねてみたら、答えは意外なものだった。

「給湯室に、ヤカンやカップが出しっ放しになっていたからね」

事件の直前、私は紅茶とケーキを出そうとしていた。ヤカンや茶葉の入った缶には、会社名が書いてある。それを見て、私だとわかったらしい。

「佐倉さん、いつもガスの元栓《もとせん》まできっちり締めて、綺麗《きれい》に片付けしていってくれるでしょう。出したままだから変だなと思って……。扉の前までいったら、妙な笑い声がきこえるし。——あの声、尋常《じんじょう》じゃなかったよね？」

ごもっとも。あの時の柚木くんは、特におかしかった。

「ノックしても返事がなくて、カギがかかっている……。声がしたから人がいるはずだし、佐倉さんは中にいる時、施錠《せじょう》しないからね。変だな、ちょっと様子を見てみようかと……」

ちょっと、なんて軽い気持ちで七階の壁にへばりつく人も珍しいが……、おかげで助かった。お礼を言うと、出口さんは照れたように頭をかいた。

「いやぁ、佐倉さんもカッコよかったよ。『働かない者は去れ』。同感だね！」

帰りの電車内は混んでいた。部長に「今日は早く帰って休め」と言われながら最低限の業務をこなし……、結局定時まで働いてしまった。

（疲れた～）

つり革につかまり、欠伸《あくび》をする。

「あれ？　佐倉さん」

声をかけられ、私は口を中途半端に開いたまま目を丸くした。開いた扉から、林さんが乗りこんできたところだった。

「帰りの電車で一緒になるなんて、初めてですね」

「本当に、すごい偶然！　――あ」

喜んだのは一瞬だった。トラブルと仕事のダブルパンチで、髪はぼさぼさ、服はよれよれだ。

（しまった！　せめてメイク直してから会社を出ればよかった～！）

「佐倉さん、いい顔してますね」

「へ？」

予想外の言葉に、びっくりする。林さんは穏やかに微笑《ほほえ》んだ。

「きっと今日も頑張ったんでしょう。顔に書いてあります」

私は前髪を直そうとしていた手を止め、にっこりと笑った。

「はい！」

集英社オレンジ文庫をお買い上げいただき、ありがとうございます。
ご意見・ご感想をお待ちしております。

● あて先
〒101-8050　東京都千代田区一ツ橋2-5-10
集英社オレンジ文庫編集部 気付
要　はる先生

ブラック企業に勤めております。

集英社
オレンジ文庫

2016年11月23日　第1刷発行
2017年 2 月 6 日　第2刷発行

著　者　要　はる
発行者　北畠輝幸
発行所　株式会社集英社
〒101-8050東京都千代田区一ツ橋2-5-10
電話【編集部】03-3230-6352
【読者係】03-3230-6080
【販売部】03-3230-6393（書店専用）
印刷所　株式会社美松堂／中央精版印刷株式会社

※定価はカバーに表示してあります

ISBN 978-4-08-680108-9 C0193